Contos da Carochinha

Figueiredo Pimentel

Contos da Carochinha

Contos de Ouro

Camelot
EDITORA

ENCONTRE MAIS
LIVROS COMO ESTE

Copyright desta obra © IBC - Instituto Brasileiro De Cultura, 2024

Reservados todos os direitos desta produção, pela lei 9.610 de 19.2.1998.

1ª Impressão 2024

Presidente: Paulo Roberto Houch
MTB 0083982/SP

Coordenação Editorial: Priscilla Sipans
Coordenação de Arte: Rubens Martim (capa)
Produção Editorial: Eliana S. Nogueira
Revisão: Juliana Bojczuk
Diagramação: Fernando G. Houck

Vendas: Tel.: (11) 3393-7727 (comercial2@editoraonline.com.br)

Foi feito o depósito legal.
Impresso na China

Dados Internacionais de Catalogação na Publicação (CIP)
de acordo com ISBD

P644c   Pimentel, Figueiredo

Contos da Carochinha / Figueiredo Pimentel. – Barueri : Camelot Editora, 2024.
160 p. ; 15,1cm x 23cm.

ISBN: 978-65-6095-125-9

1. Literatura brasileira. 2. Contos. I. Título.

2024-1496   CDD 869.8992301
                             CDU 821.134.3(81)-34

Elaborado por Odilio Hilario Moreira Junior - CRB-8/9949

IBC — Instituto Brasileiro de Cultura LTDA
CNPJ 04.207.648/0001-94
Avenida Juruá, 762 — Alphaville Industrial
CEP. 06455-010 — Barueri/SP
www.editoraonline.com.br

SUMÁRIO

OS TRÊS CÃES 7
O MENINO DA MATA E O SEU CÃO PILOTO 11
JOÃO E MARIA 16
PEDRO MALASARTE 20
JACQUES E OS SEUS COMPANHEIROS 22
A BABA DO PASSARINHO 27
OS DOIS AVARENTOS 31
O PATETINHA 32
O BARBA-AZUL 34
O GATO DE BOTAS 37
O CHAPEUZINHO VERMELHO 40
O PERIGO DA FORTUNA 42
OS MENINOS VADIOS 43
O PEQUENO POLEGAR 44
A IGREJA DE FALSTER 48
A VELHINHA DA FLORESTA 48
O RATINHO RECONHECIDO 52
ALADIM E A LÂMPADA MARAVILHOSA 53
A PERSEVERANÇA 59
A GUARNIÇÃO DA FORTALEZA 60
A GRATIDÃO DA SERPENTE 62
A GATA BORRALHEIRA 63
A BRIGA DIFÍCIL 65
JOÃO BOBO 66
O TOCADOR DE VIOLINO 67
OS SEIS COMPANHEIROS 68
A BELA ADORMECIDA NO BOSQUE 72
O ANACORETA 74
O REI DOS METAIS 75

O SOLITÁRIO DA CABANA	77
JOÃO FELPUDO	79
O VASO DE LÁGRIMAS	80
A BELA E A FERA	81
OS DOIS CAMINHOS	87
OS TRÊS CABELOS DO DIABO	88
A LENDA DA MONTANHA	91
HISTÓRIA DE DONA CAROCHINHA	92
O CANÁRIO	95
BRANCA COMO A NEVE	95
BERTA, A ESPERTA	101
O FRADE E O PASSARINHO	103
QUEM DEUS AJUDA	104
A IGREJA DO REI	107
O PÉ DE FEIJÃO	107
OS PÊSSEGOS	113
A MOURA-TORTA	114
O URSO E A CARRIÇA	117
OS CAIPORISMOS DO ALFAIATE JOÃO	119
O CASTELO DE KINAST	124
OS ONZE IRMÃOS DA PRINCESA	126
AS TRÊS GALINHAS DA SENHORA	133
O VEADINHO ENCANTADO	134
O DIABO E O FERREIRO	138
AS TRÊS MARAVILHAS	139
PELE DE URSO	143
A VIDA DO GIGANTE	145
A FORMIGUINHA	149
O CASTIGO DA BRUXA	150
OS TRÊS PRÍNCIPES COM ESTRELAS DE OURO NA TESTA	153
O HOMEM DE MÁRMORE	155
O TAPETE, O ÓCULO E O REMÉDIO	158

OS TRÊS CÃES

Um pastor tinha dois filhos — um rapaz e uma moça. Quando chegou a hora de sua morte, chamou as duas crianças para junto de si e disse-lhes: — Não tenho nada para lhes deixar senão esta choupana e três carneiros. Dividam, amistosamente, a pequena herança, de modo que não despertem ciúmes nem inveja.

Depois, fechou os olhos e expirou.

No dia seguinte, o rapaz, que se chamava Henrique, disse à irmã:
— Que prefere você? A choupana ou os carneiros?
— Prefiro a choupana — respondeu a mocinha.
— Como quiser. Então, ficarei com os carneiros, e vou por este mundo de Cristo afora, tentar fortuna. Nasci num domingo, e dizem que isso dá felicidade.

Partiu. Durante a viagem, passou dias angustiosos e sofreu muitíssimas privações.

Um dia, em que estava sentado à beira do caminho, desanimado, em vista do mau sucesso das suas tentativas, e não sabendo para onde se dirigir, viu encaminhar-se para o lugar onde se achava, um homem, acompanhado de três enormes cães, que lhe disse:
— O senhor tem três carneiros muito bonitos. Quer trocá-los pelos meus três cães?

Apesar da sua tristeza, Henrique pôs-se a rir e respondeu:
— Ficaria embaraçado se aceitasse sua proposta. Os meus três carneiros cortam por si a erva de que têm necessidade, ao passo que eu seria obrigado a sustentar esses três animais, e nada tenho.
— Ah! É que não sabe, retorquiu o desconhecido, que esses três cães são verdadeiramente maravilhosos. O senhor não só não terá precisão de se ocupar da subsistência deles, como eles tratarão da sua e de tudo quanto necessitar. O mais pequenino chama-se Provedor, o segundo Despedaçador, e o maior de todos, Quebra-ferro.

Henrique acabou por consentir na troca que lhe havia sido proposta, e não tardou em se regozijar com isso.

Uma vez, estando sozinho no bosque, longe de qualquer habitação, não tendo mais nem uma só migalha de pão, exclamou:

— Provedor! À obra!...
Não foi preciso repetir a ordem. O cachorro partiu como uma flecha e voltou poucos minutos depois, trazendo um cesto cheio de excelentes provisões.
— Bem! — disse Henrique. Com um companheiro desta ordem, não tenho mais que me incomodar com a comida e posso viajar em paz.
Continuou a caminhar.
Um dia encontrou uma esplêndida carruagem, puxada por dois belos cavalos, e toda pintada de negro. O cocheiro estava também vestido de preto. Dentro, via-se encantadora moça, trajando luto rigorosíssimo e chorando amargamente.
À vista dessas demonstrações de infortúnio, Henrique sentiu o coração comovido. Interrogou o cocheiro, que, a princípio, o olhou desdenhosamente, do alto da boleia, e afinal se dignou a responder:
— Perto daqui existe um dragão terrível, que durante muito tempo devastou o país, e que finalmente se retirou para uma gruta, com a condição de, todos os anos, numa data marcada, lhe entregarem a jovem que ele escolhesse. Este ano a princesa foi a vítima designada pelo monstro. O rei e o povo estão imersos em profundíssima dor, mas é forçoso obedecer à decisão da sorte, a fim de que o monstro tenha a sua presa.
— Pobre moça! — murmurou Henrique, olhando para a princesinha com olhos úmidos. E acompanhou a carruagem.
Chegando ao sopé de uma montanha, o cocheiro parou o carro. A moça desceu e começou a subir lentamente a ladeira pedregosa.
Henrique quis acompanhá-la, apesar das recomendações e dos gritos do cocheiro, que, prudentemente, havia ficado no vale.
Pelo meio da ladeira apareceu subitamente o medonho animal, com o corpo revestido de escamas, grandes asas semelhantes às de um moinho, garras mais duras que o ferro e a língua flamejante.
Da goela saia-lhe um turbilhão de vapores sulfurosos. Avançou para arrebatar a presa.
Então Henrique gritou:
— Despedaçador!... À obra! À obra...
Despedaçador lançou-se rapidamente sobre o monstro, rasgou-lhe as carnes com os dentes, dilacerou-o e matou-o. Henrique arrancou-lhe alguns dentes e meteu-os no bolso.
A princesa havia desmaiado. Quando recuperou os sentidos, o monstro jazia por terra. Cumprimentou Henrique, com grande transporte de alegria e gratidão, e pediu-lhe para acompanhá-la ao palácio de seu pai, de modo a ser dignamente recompensado.

O moço respondeu-lhe que iria vê-la na capital do reino, mas somente no fim de três anos, porque, durante esse tempo, queria empreender muitas viagens. E, como persistisse inabalavelmente nessa resolução, a moça retomou a carruagem e ele dirigiu-se para outro lado. Não imaginava sequer que a donzela, a quem acabava de salvar, se achava novamente exposta a inúmeros perigos.

O cocheiro havia formado um diabólico projeto.

Ao atravessar uma ponte, sobre um grande rio, voltou-se para a princesa e falou-lhe:

— O seu cavalheiro deixou-a sem nada lhe pedir. A senhora não deve mais se ocupar dele; e assim, pode perfeitamente fazer a fortuna de um pobre homem, dizendo ao seu pai que fui eu quem matou o dragão. Se não aceitar a minha proposta, lançá-la-ei ao rio e ninguém se lembrará de perguntar o que lhe sucedeu, porque todos imaginam que o monstro a devorou.

Em vão, a mocinha protestou, pediu, rogou, suplicou. Para salvar a vida, foi obrigada a se submeter à resolução do cocheiro e jurar solenemente que a ninguém revelaria aquela perfídia.

Gritos de prazer, exclamações de alegria irromperam em toda a cidade, quando viram regressar, sã e salva, essa bela princesa, que deveria servir de pasto ao terrível monstro.

Ao vê-la, o rei tomou-a nos braços e ambos choraram de alegria.

Em seguida, também apertou nos braços o pérfido cocheiro e disse-lhe:

— Não somente me restituiu tudo quanto tenho de mais caro no mundo, mas libertou o país deste terrível flagelo. Devo-te uma recompensa: casar-te-ás com a minha filha em um ano. Ela é muito criança ainda, para se casar antes. Desde hoje, considero-te como meu genro. Terás o teu palácio e aí viverás como um grande fidalgo.

Passado o tempo, a princesa, a quem esse casamento horrorizava e que não se atreveria a revelar o seu segredo, pediu mais um ano de espera; e terceiro, ainda.

No fim dessa época, porém, o rei não consentiu em maior delonga e fixou definitivamente o dia das bodas.

Na véspera desse dia, viram entrar um viajante, seguido de três cachorros extravagantes. Notando em todas as ruas os preparativos de festa, perguntou a causa deles.

Responderam-lhe que a filha do rei ia desposar o homem que a havia salvo das garras do dragão.

— Esse homem — exclamou o viajante — é impostor!...

Os soldados da polícia, ouvindo-o falar daquela forma, sobre o genro do soberano, prenderam-no e conduziram-no a uma prisão gradeada de ferro.

Enquanto o pobre Henrique jazia sobre a palha úmida, engolfado em tristes reflexões, pareceu-lhe ouvir subitamente os gemidos dos seus cachorros.

Eram, efetivamente, os fiéis animais que se aproximavam do cárcere.

— Quebra-ferro, à obra!... — exclamou.

Quebra-ferro precipitou-se sobre as grades do xadrez, quebrou-as e também despedaçou as algemas do amo.

O rapaz ergueu-se satisfeito por ser livre, mas triste por se lembrar que um traidor seria esposo da bela princesa.

Não sabia o que fazer, e enquanto se dispunha a tomar uma resolução qualquer, sentiu que tinha fome.

— Provedor, à obra! — disse ele.

Alguns minutos depois, Provedor trouxe-lhe suculentas iguarias, envoltas em um guardanapo, no qual se via bordada uma coroa real.

Havia se dirigido diretamente ao palácio. Entrara no salão de jantar, onde o soberano se achava reunido com todos os membros da sua família e os personagens da corte.

Ao passar perto da noiva, lambeu-lhe as mãos. A princesa reconheceu-o e foi ela mesma que arrumou o guardanapo.

O aparecimento do cão a fez supor que o aventuroso mancebo, a quem devia a salvação, não podia estar longe.

Com essa esperança, animou-se. Tomou seu pai pela mão, chamou-o ao aposento vizinho e narrou-lhe tudo quanto se havia passado no dia em que devia ser sacrificada.

O monarca mandou buscar Henrique. Era ele mesmo. A moça alegrou-se ao ver aquele belo e honesto mancebo, que se adiantou modestamente e tirou de seu saco de viagem os enormes dentes de dragão.

O rei conduziu o corajoso mancebo ao salão onde estavam reunidos os convidados. O infame cocheiro empalideceu.

Uma sentença justa condenou-o a expiar num calabouço o seu crime.

Henrique casou-se com a jovem.

No meio das festas desse feliz acordo, lembrou-se de sua irmã, que ficara sozinha na pequena e miserável choupana. Desejou tornar a vê-la; mandou buscá-la, e abraçou-a com grande carinho e amizade.

Então, um dos seus fiéis cães, que eram encantados, tomou a palavra e disse-lhe:

— Agora, a missão que o nosso amo nos confiou, está finalizada. Queríamos ver se a fortuna te endurecia o coração e te faria esquecer a tua pobre irmã. Adeus, seja feliz!

Ditas essas palavras, os três cães transformaram-se em passarinhos e voaram, cantando pelos ares afora...

O MENINO DA MATA E O SEU CÃO PILOTO

Vivia em outro tempo, no interior de uma mata, certo rachador de lenha, chamado Antônio, que tinha sete filhos, dos quais, o mais novo, nascido alguns anos depois de seus irmãos, se chamava Guilherme.

A mulher do rachador havia morrido na infância do pequenino, ficando assim os meninos entregues somente aos cuidados do pai.

Antônio, um homem laborioso, levava a vida a cortar lenha no mato. Após atá-la em feixes, carregava alguns jumentos e ia vendê-la na vila, empregando o seu produto naquilo de que sua família carecia.

Obrigava os filhos a trabalhar consigo e, como eles eram robustos, em breve os mais velhos tornaram-se capazes de fazer quase tanto quanto ele. Um dia, enquanto Antônio e seus filhos faziam lenha, uma árvore caiu sobre ele e molestou-o tão gravemente, que nunca mais pôde trabalhar, sobrevindo-lhe uma doença, que pouco a pouco o levou à sepultura. Enquanto a morte se aproximava, começou a recordar-se de sua vida passada, lembrando-se de que havia desprezado sua mãe, viúva, de cuja casa havia fugido há muitos anos. Desde então, começou a ensinar os filhos os seus deveres para com Deus.

Não se passava um só dia em que o mísero moribundo rachador não pedisse encarecidamente aos rapazes que se virassem para Deus. Estes, porém, escarneciam dele. Como o velho já não podia cuidar deles, nem provê-los do que lhes faltava, seguiram o seu próprio interesse e vontade.

Guilherme era a sua única consolação neste mundo. O rapazinho velava ao seu lado, sempre pronto a ir buscar tudo quanto ele carecia.

Um dia em que os filhos mais velhos foram roubar veados na mata, Antônio e seu filhinho conversavam sentados à porta da choupana, deitando-se Piloto, cão de Guilherme, aos pés dele.

— Meu filho! Que perverso fui, não guiando teus irmãos quando eles eram como tu! Mas deixei escapar esse ensejo, e agora nada posso fazer. Eles não me atendem, viram-se contra um pai moribundo. Mereço deles esse tratamento.

— Por que diz que o merece, papai? — perguntou Guilherme.

— Por muitas razões, meu querido filhinho. Fui filho desobediente e, só por esse motivo, quando mais algum não houvesse, mereço ter filhos

desobedientes. Minha mãe, viúva, morava neste bosque, à distância de três ou quatro dias de caminhada. Eu era seu único filho. Um dia, fugi e nunca mais a vi, nem ouvi falar dela.
— Ela vive ainda? — perguntou-lhe Guilherme.
— Não sei; mas, quer viva, quer morta, não a tornarei a vê-la neste mundo. O que desejava era que ela soubesse que estou inteiramente arrependido dos meus pecados.

O rachador não viveu muito tempo.

Os rapazes sepultaram-no no dia seguinte num canto escuro do bosque, pouco distante da choupana. Após encherem a cova, voltaram para casa, começando desde então a conspirar contra Guilherme, a quem se aborreciam por seus costumes não serem iguais aos deles.

— Não devemos tê-lo conosco, lembrou um deles, para que, quando matarmos os veados do rei, não diga o que fazemos.

— Mas não o devemos matar — opinou o outro —, para que seu sangue não se levante contra nós.

— Levemo-lo pela mata adentro, à distância de três dias de caminhada — disse o terceiro —, e deixemo-lo lá ficar. Então, não tornará a contar nada de seus irmãos.

— Mas devemos ter o cuidado de prender Piloto — disse o quarto —, senão sofreremos algum estorvo, porque, decerto, não há de querer deixar Guilherme.

Tendo esses perversos tramado desse modo um plano tão horrível, levantaram-se no dia seguinte, de madrugada, e prepararam um dos jumentos mais fortes, sobre o qual puseram o seu irmãozinho, que fizeram sair da cama, ajudando-o a vestir-se com muita pressa.

— Aonde vamos? — indagou Guilherme, que nenhum mal receava.

— Vamos — respondeu o mais velho —, daqui a três dias de caminhada, à caça no bosque, e tu hás de ir conosco.

— Quê? Caçar veados do rei?...

Os irmãos não responderam, mas olharam uns para os outros.

Piloto estava esperando o momento de seguir o jumento em que seu dono ia montado, movendo a cauda e saltando de um para o outro lado, a mostrar que estava impaciente para partir, quando um dos moços trouxe uma corda que atou ao pescoço do pobre cão e o arrastou para dentro de casa.

— Piloto não vai conosco? — perguntou Guilherme.
— Não — respondeu o mais velho.
— Mas, como vamos nos demorar alguns dias, seria bom deixar-lhe comida — acrescentou o menino.
— Trate de sua vida. Nós cuidaremos dele — responderam.

Piloto ficou preso e estando todos os irmãos prontos, puseram-se a caminho pela mata adentro.

Viajaram durante três dias, só parando para comer e dormir.

Na manhã do quarto dia, Guilherme estava muito cansado e dormia tão profundamente, que não ouviu seus irmãos levantarem-se e partirem em silêncio para casa, levando consigo o jumento.

O sol ia alto quando acordou. Sentou-se, observando tudo ao redor de si.

A princípio, não se lembrou de onde estava e nem como tinha vindo para aquele lugar; mas, quando percebeu que os seus companheiros haviam partido e que ele ficara sozinho, começou a chorar amargamente e a gritar por seus irmãos.

A sua voz retinia pelo bosque, mas nenhuma resposta se ouvia. Os irmãos já estavam a muitas léguas de distância dele.

Passou o dia inteiro no bosque, a chorar amargamente. À tarde, receando pernoitar ali, naquela solidão, começou a caminhar sem destino.

Quando ia correr, descobriu uma corrente de água, que o encheu de receio, por não saber como poderia atravessar para a outra banda. De repente, teve um susto terrível, ouvindo atrás de si um estrépito de pés, semelhante ao caminhar de uma fera. O som cada vez mais se aproximava, até que, por fim, o pobre Guilherme, cheio de medo e não podendo correr mais, caiu estendido no chão, julgando que iria ser imediatamente despedaçado. Então, o animal chegou ao pé dele e pôs-lhe a cabeça tão perto da face, que, sentindo-o respirar, julgou o menino que ia ser devorado. Mas, em vez de o morder ou ferir, começou a lambê-lo e a fazer soar um latido de alegria.

Guilherme reconheceu o seu fiel Piloto, que havia arrebentado a corda com que estava amarrado em casa, vindo todo o caminho, por entre a mata, em busca do seu dono.

Lembrando-se finalmente de que ainda estava no bosque, num lugar de grande perigo, continuou a correr o mais depressa que podia, até chegar à corrente, parando por não saber a altura da água. Mas, ouvindo um lobo uivar pouco distante, meteu-se nela e tentou atravessá-la.

A força da corrente fez faltar-lhe os pés de repente; e, certamente, teria se afogado, se o fiel Piloto o não agarrasse e o trouxesse em segurança para o lado oposto.

Prosseguiram ambos, quando Guilherme viu reluzir no escuro, pouco distante de si, dois olhos de algum animal terrível, e ouviu um uivo semelhante ao do lobo, que o fez parar. Piloto, atirou-se à fera e, depois de alguns instantes de luta, conseguiu matá-la, sufocando-a com os dentes.

Guilherme continuou a correr e momentos depois descobriu uma cabana, a qual bateu, sendo tamanha a sua impaciência e medo de que outro lobo o seguisse, que bateu três vezes, sem dar tempo para que lhe respondessem.

Enfim, ouviu dentro a voz de uma mulher, perguntando:

— Quem está aí?

— Um menino — respondeu Guilherme —, que se perdeu no bosque...

Aberta a porta, viu Guilherme uma senhora, já curvada ao peso dos anos, trajando vestido de algodão e com uma touca branca na cabeça.

— Entre, meu menino — disse a senhora —, já que felizmente aqui chegaste.

Depois de ele e Piloto entrarem, ela fechou a porta da cabana.

A mulher o fez despir-se e mudar toda a roupa. Serviu-lhe após comer, e, quando o viu calmo, pediu-lhe que contasse a sua história.

Então, Guilherme narrou tudo o que sucedera antes da morte de seu pai; o que ele havia dito a respeito de sua vida passada, e como se arrependera de seus pecados.

A senhora tremia a cada palavra que Guilherme pronunciava, e viu-se obrigada a sentar-se por começou a desconfiar que o pai de Guilherme fosse seu filho, que lhe havia fugido há muitos anos, e do qual nunca havia tido notícias. Esteve sem falar, por alguns minutos e depois perguntou:

— Dize-me: como se chama teu pai?

— Antônio da Silva — respondeu Guilherme.

— Oh — disse a senhora, juntando as mãos.

— E és tu, seu filho? Meu neto? Então abraçou-o e ambos choraram de alegria.

Guilherme continuou a viver com a avó, até que se tornou homem, fazendo tudo para torná-la feliz. Tomou a seu cargo tratar das cabras e aves, trabalhar no jardim; e ela o ensinou a ler e a escrever. Tiveram grande cuidado com Piloto enquanto estava vivo; e, depois que morreu, enterraram-no no jardim.

Morrendo a senhorinha, deixou-lhe a casa e tudo quanto possuía.

Guilherme casou-se.

Um dia, tendo quarenta e tantos anos, quando, por uma linda tarde de verão, estando sentado à porta com sua mulher e filhos, viu sair do lado do bosque seis homens, cujos pálidos semblantes indicavam miséria, sofrimento e privações, com uns velhos sacos de couro às costas, que pareciam estar vazios, sem sapatos nem meias, pendendo de seus ombros esfarrapadas camisas.

Pararam à entrada do jardim.

— Somos pobres miseráveis — disseram: — Temos há muitos dias passado sem outro sustento a não ser frutas silvestres; e há muitas noites que não descansamos com medo dos lobos.

— Devo compadecer-me de vocês — disse Guilherme — porque, quando criança, passei um dia inteiro e parte da noite, sozinho naquele bosque; e seria comido por esses terríveis animais, se meu fiel cão, que está sepultado no jardim, não lutasse por mim e me salvasse.

Durante o tempo em que Guilherme falou, olhavam os homens uns para os outros.

— Mas pareceis estar cansados e com fome — continuou Guilherme.

— Sentai-vos, e depressa vos daremos alguma coisa de comer.

A mulher correu à casa e preparou às pressas uma boa refeição.

Aquela pobre gente semimorta e esfarrapada comeu com sofreguidão. Depois pediram que os deixassem dormir aquela noite no curral.

— Tenho — disse ele — um celeiro pequeno, onde guardo feno, que pode servir para dormirdes. Entretanto, podeis sentar-vos e estar à vontade.

Os homens ficaram muito agradecidos e Guilherme começou a conversar, enquanto sua mulher e filhos continuavam no trabalho.

— De onde vieram e para onde se destinam ir amanhã? Mostrais terdes feito grande jornada e estardes em má condição. Alguns de vocês demonstram estar doentes e parecem homens que têm sofrido muito.

— Senhor — respondeu um deles, que aparentava ser o mais velho — éramos rachadores, que vivíamos no bosque, quase três dias distante deste lugar, mas, caindo há alguns anos no desagrado do rei, a nossa cabana foi queimada, e tiraram-nos tudo, sendo metidos numa enxovia, onde estivemos muito tempo e onde arruinamos totalmente a nossa saúde, de sorte que, quando nos soltaram, estávamos incapazes de trabalhar. Não tendo amigos, temos andado errantes, de lugar em lugar, sofrendo todas as privações, e passando muitas vezes dias inteiros sem comer.

— Receio que cometestes algum crime, que ofendestes sua majestade.

— Sim senhor, o nosso crime era roubar veados. Contudo, desejamos agora viver com honra, e levar melhor vida. Mas, na nossa vizinhança, ninguém quer saber de nós e não podemos juntar dinheiro, nem ao menos para comprar um machado para cortar lenha, porque, então, seguiríamos o nosso antigo modo de vida, e faríamos toda a diligência para ganharmos o sustento, ainda que estamos realmente reduzidos a tal estado de fraqueza, que pouco poderíamos fazer.

— Mas — disse Guilherme, cujo coração começava a comover-se — não tendes nenhum parente na vossa terra? Pertenceis todos a uma família?

— Não temos mais parentes e somos todos irmãos, filhos dos mesmos pais. O nosso pai era rachador de lenha: chamava-se Antônio da Silva.

— E não tinham um irmãozinho? — perguntou Guilherme, levantando-se e chegando-se para eles.

Os homens olhavam uns para os outros, com terror, e não sabiam responder.

— Eu sou esse irmãozinho — disse Guilherme — Deus livrou-me da morte e trouxe-me a esta casa, onde achei, ainda viva, nossa avó, que me serviu de mãe; e desde então, aqui tenho vivido, sempre em paz e abundância. Nada receeis, meus irmãos; de bom grado vos perdoo e, já que a Providência vos trouxe aqui, hei de socorrer-vos e consolar-vos. Jamais sofrereis necessidades.

Os irmãos de Guilherme não puderam responder-lhe, mas lançaram-se aos seus pés, derramando lágrimas de arrependimento.

Os seis irmãos de Guilherme, completamente regenerados, viveram durante algum tempo ainda, trabalhando na medida de suas forças.

Tendo, porém, sofrido muito, achavam-se fracos e doentes, até morrerem, um a um, sucessivamente.

Guilherme viveu feliz por longos anos, chegando a ver seus netos e a sua família cada vez mais próspera e feliz.

JOÃO E MARIA

Manuel era um pobre lenhador que vivia com sua mulher, Margarida, e dois filhos — um menino e uma menina — no meio do mato, em uma pequena choupana. O rapaz chamava-se João e a menina Maria.

Uma noite, Manuel disse à mulher:

— Que havemos de fazer para sustentar nossos filhos? O inverno aproxima-se, e nada temos para nós, quanto mais para eles!...

— Sim, tens razão — disse a mulher — e se me quiseres ouvir, deverás levá-los para o bosque. Aí, dando-lhes um pedaço de pão, acenda o fogo, e em seguida abandona-os, recomendando-os a Deus.

— Ah! Senhor Deus do Céu! — exclamou o lenhador. Podeis pensar em abandonar assim nossos filhinhos?

— Pois bem — retorquiu a mulher — nesse caso, os veremos morrer de fome, e nós morreremos também. Podes, desde já, mandar preparar os caixões e as covas.

Os meninos, que não podiam dormir, devorados pela fome, embora recolhidos e deitados sobre a caminha de palha, escutaram toda a conversa.

Maria começou a chorar, mas João lhe disse:

— Não chores, irmãzinha. Acharei um meio para nos salvarmos.

João, assim que viu os pais dormindo, levantou-se sem fazer barulho, saiu da choupana, e foi ajuntar uma porção de pedrinhas brancas, que trouxe para a cama.

Pela manhã, os pais estavam firmemente resolvidos a executar o que haviam ideado. A mãe deu-lhes um pedaço de pão, depois fechou a porta da cabana e pôs-se a caminho.

O lenhador acompanhava-a tristemente, levando o machado ao ombro.

Em seguida vinha Maria, e depois João que, de distância em distância, deixava cair umas pedrinhas no chão.

Quando chegaram ao meio da floresta, as crianças ajuntaram galhos secos das árvores, nos quais o lenhador ateou fogo.

Então, Margarida lhes disse:

— Vocês devem estar cansados. Durmam perto do fogo, que buscaremos lenha. Assim que acabarmos, viremos buscá-los.

Os pequenos dormiram até meio-dia. Ao despertarem, o fogo estava apagado. Comeram o pedaço de pão que trouxeram, e em seguida adormeceram de novo, para só acordarem ao escurecer.

Os pais não haviam regressado e Maria começou a chorar.

— Não tenhas medo — falou João — pois daqui a pouco fará luar e chegaremos em casa.

Momentos depois, a lua brilhava no céu, iluminando o caminho.

João tomou a irmã pela mão, e ambos começaram a caminhar afoitamente.

Ao amanhecer, chegaram à choupana dos pais e bateram à porta. A mãe admirou-se muito ao vê-los, mas o pai ficou satisfeitíssimo.

Algum tempo depois, a miséria levou-os a pôr em prática o seu primitivo projeto.

Novamente, as crianças escutaram a conversa. João quis ir ajuntar as pedrinhas. A porta da cabana, porém, estava fechada. Entretanto, consolou a irmã, dizendo-lhe:

— Não chores, maninha. Deus conhece todos os caminhos e fará com que tomemos aquele por onde devemos seguir.

Na madrugada seguinte, muito cedo ainda, os meninos receberam um pedacinho de pão, ainda menor do que da primeira vez, e foram levados para um lugar espesso, no centro da floresta, muito longe de casa.

O rapaz ia partindo o seu pãozinho no bolso e espalhava as migalhas na terra, cuidando que elas o auxiliariam a achar o caminho.

Como da primeira vez, ajuntaram ramos secos para fazer fogo. Depois, os pais afastaram-se e eles dormiram até meio-dia.

João não tinha mais nenhum farelo de pão, mas sua irmã dividiu com ele o que trazia.

Adormeceram.

Ao despertarem, já era noite fechada.

Maria chorava.

O irmão disse:

— Não chores, eu te levarei para casa.

Quando a lua se ergueu, segurou a pobre menina pela mão e caminhou com ela, contando encontrar a estrada, devido às migalhas de pão que espalhara.

Os passarinhos haviam comido tudo. Não se via mais nenhuma.

Os dois meninos vaguearam perdidos, toda a noite, sem conseguirem jamais encontrar o atalho.

Exaustos de forças, fatigados a mais não poder, deitaram-se sobre a relva, e não tardaram em dormir.

Acordando, sentiram fome, mas, encontrando algumas frutas silvestres, conseguiram mitigá-la.

Depois, puseram-se de novo em marcha, sem saberem para onde ir, quando lhes apareceu um pequeno pássaro branco, que começou a voar. As crianças acompanharam-no, pensando que os conduziria pelo bom caminho.

De repente, avistaram uma linda casinha em cujo teto o passarinho foi pousar, tendo primeiro batido à porta com o biquinho.

Os dois pequeninos aproximaram-se e imaginem o seu contentamento quando viram de que fora edificada a casinha; as paredes eram feitas de pão, o teto de bolos e as janelas de açúcar-cândi.

Eles, que estavam morrendo de fome, comeram um pedaço do teto e pedaços da janela.

No mesmo instante, uma pessoa gritou:

— Quem é que está comendo a minha casinha?

Ouvindo aquela voz áspera e dura, tiveram grande medo, mas como continuavam famintos, tornaram a comer.

Então surgiu uma senhora hedionda, muito baixinha, com uma boca enorme, nariz de papagaio, toda preta e olhos verdes.

Assim que a viram, João e Maria quiseram fugir.

A senhora, entretanto, acalmou-os:

— Nada receiem. Venham comigo que tenho ainda coisas mais gostosas para lhes dar.

Entraram com ela e ficaram deslumbrados. Havia açúcar, biscoitos, leite, nozes, passas, figos e muitas outras gulodices.

Enquanto olhavam maravilhados para aquela porção de doces, a senhora preparava-lhes dois pequenos leitos brancos.

As duas crianças deitaram-se.

Essa senhora era uma terrível feiticeira que atraía as crianças oferecendo-lhes bolos para depois comê-las.

No dia seguinte, de manhã, dirigiu-se com feroz alegria para as duas caminhas onde elas estavam deitadas.

Segurou João com uma das mãos, e pelo meio do corpo, enquanto com a outra lhe tapava a boca para não gritar.

Conduziu-o para o poleiro e voltou em seguida para perto de Maria, gritando com voz terrível:

— Levanta-te, preguiçosa! Teu irmão já está com as galinhas e vou engordá-lo para assá-lo mais tarde.

A pobre Maria ergueu-se espantada e chorou desoladamente.

Nem as suas lágrimas, nem os seus gemidos podiam comover a hedionda feiticeira, e a pobre menina foi obrigada a fazer todos os serviços de uma criada.

Ocasionalmente, a bruxa ia ao poleiro e mandava o menino passar um dedo através das frestas da prisão, a fim de ver se já estava mais gordinho.

João, que nada tinha de tolo, mostrava um osso descarnado e seco.

É singular, murmurava a velha — como ele aproveita pouco do alimento que lhe dou!

Certa manhã, cansada de esperar durante tanto tempo, exclamou:

— É preciso acabar com isso! Hoje mesmo vou assá-lo!

Acendeu um grande forno que tinha em casa para cozer pão, com desejo de assar também a pequena Maria.

— Suba — disse ela — nesta cadeira, e arranje as brasas com a pá.

Maria dispunha-se a obedecer, quando ouviu o pássaro branco a cantar:

— Toma sentido!... Toma sentido!...

Compreendeu imediatamente o perverso intento da cruel mulher e retorquiu-lhe:

— Faça o favor de ensinar como devo fazer.

A feiticeira subiu e inclinou-se para a boca do forno. Maria, aproveitando a distração da senhora, empurrou-a para dentro e fechou em seguida a abertura com a porta de ferro.

Depois foi soltar João. Ambos abraçaram-se e saíram alegres daquela maldita casa.

À porta, o pássaro branco esperava-os em companhia dos outros, que haviam comido as migalhas de João.

Cada um deles quis fazer um presente às duas gentis criancinhas.

Maria estendeu o seu avental e os passarinhos lançaram pérolas e pedras preciosas...

Em seguida, o que havia ensinado o caminho voejou em torno deles, para mostrar a direção que deviam tomar.

Atravessaram assim a floresta e chegaram à margem de uma grande lagoa, onde um cisne branco se banhava.

— Oh! Lindo cisne! — disseram os dois pequenos —, queres ajudar-nos a passar por este lago?

A estas palavras, o cisne aproximou-se, abaixando a cabeça, e transportou-os a ambos, um depois do outro, à margem oposta.

Aí já se achava o pássaro branco, que novamente se pôs a voar em frente para guiar à cabana de seus pais.

O lenhador e a mulher estavam aflitíssimos, lastimando a perda dos filhinhos e dizendo:

— Ah! Se eles pudessem tornar outra vez, nunca, nunca, nunca mais havíamos de os abandonar na floresta.

A porta abriu-se e os dois pequeninos entraram.

Quanta alegria! Como se abraçaram ternamente!

Com os presentes que os passarinhos fizeram, estavam ricos, e não tinham mais que recear a miséria, a fome e o frio.

PEDRO MALASARTE

Pedro Malasarte ou Pedro das Malas Artes, era assim chamado devido às inúmeras travessuras e más artes que vivia fazendo para desespero da sua família. Desde muito pequeno, Pedrinho foi levado da breca, incorrigível.

Em casa, no colégio, na rua — onde houvesse crianças — qualquer estripulia, qualquer má partida que aparecesse, ninguém perguntava quem era o autor, porque havia de ser necessariamente feita por ele.

As suas travessuras que passaram à tradição e nos chegaram, dariam matéria para um grosso volume, se quiséssemos contá-las.

Por isso, narraremos apenas algumas.

Os pais de Pedro Malasarte, vendo que não podiam mais contê-lo, e que ele estava em idade de trabalhar e ganhar dinheiro, mandaram-no procurar ocupação.

O rapaz saiu de casa e após se dirigir a vários lugares, chegou a uma estrada deserta, longe de qualquer povoado.

Achava-se com fome e, sentando-se à margem do caminho, fez fogo para cozinhar a comida que levava.

Tirou do saco uma panela de ferro que a mãe lhe havia dado, acendeu uma pequena fogueira e colocou na vasilha carne seca, abóbora, cebola, alho, sal, gordura e água. Esperou pacientemente que o jantar estivesse preparado.

Quando a comida estava pronta e a água borbulhando, viu aparecer ao longe, alguns homens que conduziam uma numerosa récua de porcos. Imediatamente, o imaginoso rapaz idealizou mais uma partida.

Cavou depressa um buraco no chão, enterrou os tições e as cinzas, e espalhando a terra, pôs o caldeirão em outro lugar.

Os homens, que eram mercadores de porcos, chegaram alguns minutos mais tarde.

Vendo aquele moço acocorado perto da panela que fervia, perguntaram-lhe muito espantados o que estava fazendo.

— Pois os senhores não estão vendo? Estou cozinhando — respondeu.

— Sem fogo? — inquiriram os mercadores de porcos.

— Certamente — tornou Pedro. — Esta panela é encantada. Quando quero cozinhar, basta pôr a comida que desejar e água, e ela começa a ferver por si.

Os homens consultaram-se algum tempo, lembrando que aquele objeto lhes seria de grande vantagem para as suas longas viagens.

Propuseram comprá-la.

— Conforme. Estou pronto para vender a minha panela mágica. A questão é o preço.

Após ratear muito tempo, Pedro Malasarte aceitou os duzentos porcos que traziam, e os mercadores despediram-se contentíssimos, julgando terem feito um excelente negócio.

Quando Pedrinho se viu possuidor daqueles animais, dirigiu-se para a fazenda situada a algumas léguas de distância e ofereceu-os à venda.

O fazendeiro aceitou e empregou-o para guardá-los.

Pedro aceitou, recebeu dois contos e ficou sendo guardador de porcos, com casa, comida, roupa e ordenado.

A primeira coisa que o rapaz tratou de saber foi dos hábitos do patrão.

Viu que era um fazendeiro riquíssimo, mas muito ignorante e tolo, fácil de se enganar, bem como a esposa.

Pedro Malasarte vivia no campo, guardando porcos. Um dia, apareceram-lhe tropeiros e perguntaram-lhe de quem era aquele gado, se o queria vender e o preço.

O moço disse que os porcos eram seus e vendia-os por três contos, porque já estavam gordos e crescidos, mas declarou que só venderia sem rabo.

Os compradores sujeitaram-se à condição e levaram a porcada. Então, arrumou a trouxa, voltou à ceva e enterrou todos os rabinhos. Saiu dali correndo e foi chamar o patrão, exclamando muito aflito que os porcos estavam se enterrando pela lama adentro. O fazendeiro voou e ficou espantado, vendo que era verdade o que o empregado lhe dissera. Como estavam um pouco distantes da casa, mandou buscar dois alviões para desenterrar o gado.

Pedro dirigiu-se à fazendeira e disse-lhe que o patrão mandava buscar dois contos de réis. A mulher não acreditou, mas ele gritou:

— Oh, patrão! Não foram dois que mandou buscar?

E ele fez sinal com os dedos.

— Foram, sim — respondeu o fazendeiro. — Traze-os depressa.

A mulher, em vista daquilo, entregou os dois contos de réis ao rapaz, que fugiu da fazenda. Levava consigo sete contos.

Com essa quantia, Pedro Malasarte estabeleceu-se e tornou-se um negociante rico e considerado.

O fazendeiro, vendo que o empregado não aparecia, puxou o primeiro rabo, que saiu sem dificuldade, do mesmo modo que os restantes. Viu-se roubado, mas nada pôde fazer, porque Pedro havia desaparecido.

JACQUES E OS SEUS COMPANHEIROS

Dona Isabel era uma pobre viúva que só tinha um filho chamado Jacques. Durante um inverno muito rigoroso, que assolou o país onde viviam, viram-se tão pobres que só possuíam uma galinha e um pouco de farinha de trigo.

Jacques, em vista disso, resolveu sair de casa e correr o mundo para tentar fortuna.

D. Isabel fez um pouco de pão com a farinha que lhe restava, matou a galinha e disse:

— Que preferes, tu? Ter a metade destas provisões, juntamente com minha bênção, ou tudo com a minha maldição?

— Oh! Minha mãe — respondeu Jacques —, como a senhora pode perguntar isso? Com a sua maldição, não desejaria possuir todos os tesouros da terra.

— Bem, meu filho, replicou docemente a mãe, toma tudo isso e que Deus te abençoe.

Jacques partiu. Tanto tempo quanto pôde avistá-lo, sua mãe, de pé, à porta da casinha, seguiu-o com a vista, abençoando-o.

O mocinho seguiu em linha reta, caminhando sempre em frente.
A sua intenção era dirigir-se a alguma fazenda e aí pedir emprego.
Pouco após estar viajando, avistou um burro que caíra em um brejo e que, atolado até a barriga, não conseguia sair.

— Oh! Jacques — exclamou o animal —, ajuda a me desembaraçar daqui, senão morrerei afogado.

— Pois não! — respondeu Jacques. Não precisa me pedir duas vezes; vou te auxiliar.

Então, ajuntando ramos de árvores e pedras, construiu uma espécie de ponte sobre a qual o pobre quadrúpede conseguiu pousar uma pata, depois outra, finalmente as quatro, livrando-se, assim, do perigo do qual estava ameaçado.

— Obrigado, disse ele, aproximando-se de Jacques. Pelo meu lado, se achar ocasião, te prestarei serviços. Para onde vais?

— Vou procurar ganhar a vida até à época da colheita.

— Queres que vá contigo? Quem sabe se não teremos algum encontro feliz?

Ambos se puseram a caminho.

Ao passarem por uma aldeia, viram um cão perseguido por alguns meninos de colégio que lhe haviam atado uma panela à cauda.

O pobre animal correu para Jacques, que o tomou sob sua proteção, ao passo que o burro começou a zurrar com tanta força que os meninos fugiram amedrontados.

— Obrigado — disse o cachorro a Jacques. Pelo meu lado, se achar ocasião, te prestarei serviços. Para onde vais?

— Vou procurar ganhar a vida até a época da colheita.

— Queres que vá contigo?

— Vamos.

Quando chegaram fora da cidade, pararam ao pé de uma fonte.

Jacques tirou do saco as suas parcas provisões, deu parte delas ao cão e começou a comer, enquanto o burro pastava a erva que crescia em torno.

Momentos depois, chegou-se perto deles um gato, tão faminto, que teria comovido, com seu miar doloroso, os mais endurecidos corações.

— Ah! Pobre desgraçado! — exclamou Jacques — dizia que percorreu todos os telhados da cidade depois do seu último alimento!

— Obrigado! — disse o gato —, depois que o rapaz lhe deu um pouco de comida. Por meu lado, se achar ocasião, te prestarei serviços. Para onde vais?

— Vou procurar ganhar a vida até a época da colheita.

— Queres que vá contigo?

— Vamos.

Os quatro viajantes continuaram a caminhar.

Pela tarde, ouviram subitamente um grito desesperado e avistaram uma raposa que corria levando um galo.

— Pega cachorro! — gritou Jacques.

O cão saiu ao encalço da raposa que, vendo-se naquele perigo, deixou a presa a fim de correr melhor.

O galo voou alegremente para junto do moço e falou-lhe:

— Obrigado, salvaste-me a vida e eu nunca o esquecerei. Agora, para onde é que vais?

— Procurar trabalho até à época da colheita. Queres ir conosco?

— Com todo prazer.

— Então vem. Se estiveres cansado, repousarás nas costas do burro.

Os viajantes continuaram a caminhar com esse novo companheiro.

Entretanto, todos sentiram grande necessidade de repousar. Em torno deles, até onde a vista alcançava, não avistaram uma só choupana, por mais miserável que fosse.

— Vamos — disse Jacques, seremos mais felizes em qualquer outra ocasião. Hoje não temos remédio senão nos resignarmos a dormir ao ar livre. Além disso, a noite está serena e formosa, e a terra neste lugar está coberta de relva macia.

Deitou-se a fio comprido no chão; o burro imitou-o, estendendo-se a seu lado; o cão e o gato colocaram-se entre as patas do complacente animal e o galo empoleirou-se numa árvore.

Achavam-se dormindo profundamente, quando, de súbito, o galo começou a cantar.

— Que aborrecimento — murmurou o burro —, ser acordado assim bruscamente. Por que é que estás gritando tanto?

— Para anunciar o nascer do dia — respondeu o galo. — Não estás vendo a luz que brilha lá longe?

— Vejo uma luz — disse Jacques —, mas é a de uma lanterna e não a do sol. Provavelmente existe ali uma habitação qualquer e nós poderíamos pedir agasalho para o resto da noite.

A proposta foi aceita.

A caravana partiu. Caminhou através dos campos, através dos penhascos, e parou perto de uma casa de onde saíram grandes e ruidosas gargalhadas, gritos confusos, cantos grosseiros e blasfêmias.

— Atenção — murmurou Jacques —, caminhemos devagarzinho, passo a passo, para espiar que espécie de gente mora aqui.

Eram seis ladrões armados de punhais e pistolas, sentados em torno de uma mesa coberta de esquisitas iguarias, banqueteando-se alegremente, bebendo ponche, vinho e champanha.

— Que bela expedição acabamos de fazer ao palácio de lorde Dunlavin, graças ao auxílio do seu porteiro. Que excelente homem! À sua saúde!

— À saúde desse esplêndido criado! Repetiram em coro os bandidos.

E de uma assentada esvaziaram os copos.

Jacques voltou-se para os companheiros e falou-lhe em voz baixa:

— Reúnam-se mutuamente, do melhor modo que puderem, e, ao primeiro sinal que eu fizer, façam ouvir todas as vozes juntas.

O burro, firmando-se nas patas traseiras, pousou as duas da frente na janela. Os outros enfileiraram-se e aguardaram o sinal.

Jacques bateu palmas. Escutou-se o zurrar prolongado e forte do animal, o latir do cão, o miar do gato, e o canto estridente do galo.

— Agora, gritou Jacques, armem-se os soldados! Apontem as espingardas! Fogo aos ladrões!

Os salteadores, amedrontados, fugiram para a floresta, escapando-se pela porta dos fundos.

O moço e seus companheiros entraram no aposento abandonado, fizeram uma excelente refeição e deitaram-se.

Jacques ocupou uma cama, o burro foi para a estrebaria; o cão deitou-se, guardando a porta, o galo ficou no poleiro e o gato perto do fogão.

Os ladrões, quando se viram sãos e salvos na floresta, ficaram satisfeitíssimos.

Mas logo depois começaram a refletir e a se lastimarem.

— Em lugar da terra úmida — disse um deles, preferia estar agora deitado na minha cama.

— Eu — disse um outro —, lastimo a carne assada que estava começando a saborear.

— Quanto a mim — acrescentou o terceiro —, sinto falta das ótimas garrafas de vinhos ainda cheias.

— O que é mais para lastimar — falou o quarto bandido —, é todo aquele ouro, toda aquela prata, o dinheiro que roubamos com o auxílio do criado de lorde Dunalvin e que abandonamos.

— Quero — disse o capitão —, tentar penetrar outra vez na casa e me certificar se tudo está ou não perdido.

O chefe pôs-se a caminho.

Todas as luzes estavam apagadas na casa onde ele penetrou às apalpadelas. Encaminhando-se para o fogão, o gato soltou-lhe a cara, arranhando-a com as unhas. O bandido deu um grito e correu para a porta. Aí, por infelicidade, pisou no rabo do cachorro, que lhe ferrou os dentes na perna. De novo fugiu, conseguindo transpor finalmente a porta. Mas o galo lançou-se sobre ele e picou-o com as unhas e o bico.

— Oh! — exclamou ele — Que raça de demônios tomou conta desta casa? Como poderei sair dela?

Esperou achar refúgio na estrebaria, mas o burro deu-lhe tão tremendo coice, que o lançou por terra, semimorto.

Poucos momentos depois recuperou os sentidos. Apalpou o corpo, e vendo que nem as pernas, nem os braços estavam quebrados, levantou-se e voltou para a floresta.

— E então?... e então?... — gritaram os companheiros assim que o viram. Podemos reconquistar nossas riquezas?

— Não — exclamou ele. — Tudo está perdido; mas, primeiro que tudo, arranjem-me uma cama e preparem infusões e cataplasmas para as minhas feridas. Não podem imaginar o que padeci por vocês. Na cozinha fui assaltado por uma senhora feiticeira que estava fiando na roca e pôs-me o rosto no estado em que estão vendo. Perto da porta, um sapateiro do diabo feriu-me as pernas; e, do outro lado, Satanás em pessoa atirou-se a mim com as suas garras. Na estrebaria recebi uma cacetada da qual quase morri. Se não acreditam, vão certificar-se com seus próprios olhos.

— Acreditamos! — exclamaram os companheiros olhando para o rosto e o corpo ensanguentados. — Não tentaremos mais penetrar nessa maldita casa. Tratemos de ver se descobrimos outra.

Pela manhã, Jacques e seus companheiros, com as provisões dos bandidos, fizeram um excelente almoço.

Depois partiram, a fim de restituir a lorde Dunlavin o ouro e o dinheiro que lhe foram roubados.

Jacques encerrou cuidadosamente todas as riquezas em dois sacos, que colocou no burro, e partiram transpondo vales, rochedos, colinas, planícies, em demanda ao castelo senhorial.

Diante do majestoso portão do palácio, encontraram o tratante do porteiro, em grande libré, de meias brancas, calções vermelhos e cabelos empoados.

Olhou com um ar de desprezo para a pequena caravana e disse a Jacques:

— Que queres aqui? Nesta casa não há lugar para ti.

— Entretanto, nós contamos ser bem recebidos. Mas, certamente, não é a você que devemos nos dirigir.

— Passem fora, vagabundos! — gritou ele encolerizado. — Tratem de sair já e já, do contrário, soltarei os cães.

— Um instante — replicou o galo, que se achava empoleirado na cabeça do burro. — Poderá nos dizer quem foi que abriu, na noite passada, a porta aos seis ladrões?

O guarda-portão empalideceu.

Lorde Dunlavin, que estava à janela, gritou:

— Eh! Barnabé! Responda à pergunta que está fazendo tão linda avezinha.

— Senhor — respondeu Barnabé —, este galo é um miserável. Decerto, não fui eu quem abriu a porta aos seis ladrões.

— E como sabes tu, meu rapaz — retorquiu lorde Dunlavin —, que eram seis?

— O que é fato milorde — falou então Jacques —, é que trazemos a Exa. todas as riquezas que lhe foram roubadas, e que só desejamos o favor de nos mandar dar alguma coisa para cear e uma pousada por esta noite, porque fizemos uma longa caminhada e estamos com fome e cansados.

— Fiquem tranquilos que serão bem recebidos.

O cão, o burro e o galo foram, na verdade, excelentemente instalados e o gato ficou na cozinha.

Quanto a Jacques, o castelão reconhecido, vestiu-o ricamente dos pés à cabeça, pôs-lhe um relógio e cadeia de ouro no bolso do colete, e disse-lhe:

— Queres ficar em minha companhia? És honesto, e vejo que és inteligente. Serás meu mordomo.

Jacques aceitou com prazer aquela proposta e mandou buscar sua mãe. Mais tarde, desposou uma linda moça e viveu feliz para sempre.

A BABA DO PASSARINHO

Um rei muito estimado por sua bondade, após uma terrível doença, cegou de ambos os olhos. Em extremo piedoso, dirigiu fervorosas preces a Deus, para que lhe restituísse a vista, até que numa das ocasiões em que orava, ouviu uma voz que lhe falou:

— No fim do teu reino, longe, muito longe, há uma fada encantada, fechada em uma casa de ferro e guardada por um dragão. No quarto imediato, há um passarinho, que, quando canta, escorre pelo bico uma baba muito fina e perfumada.

Essa baba, aparada em um pouco de algodão, e passada por três vezes sobre os olhos, restitui a vista a qualquer cego. Incite o teu povo a ir desencantar a fada, que ela entregará o passarinho, também encantado, ao ousado aventureiro que a libertar; e, como prêmio de sua coragem, receberá a mão de esposo e todas as riquezas extraordinárias da fada, que é uma princesa.

Anunciada a vontade do rei e o prêmio colossal a quem se saísse bem da empresa, não faltaram pretendentes, que se puseram logo a caminho.

Em frente ao palácio real, morava um pai, que tinha três filhos, dos quais, o último, chamado Lúcio, era muito jovem.

Propondo-se os dois mais velhos a concorrer ao prêmio, também o mais moço quis acompanhá-los, e, com eles, partiu levando muitas bênçãos e conselhos paternais.

Durante a viagem, calculando os dois mais velhos que o irmão lhes era pesado, abandonaram-no, tirando-lhe o dinheiro que restava.

Apesar dos poucos recursos com que ficara, Lúcio continuou a viagem até que chegou à margem de um rio, onde viu um pobre, muito velhinho, coberto de andrajos e feridas.

O ancião, ao avistar o moço, ergueu-se, estendeu a mão, e pediu-lhe uma esmola.

O jovem, condoído da miséria do velho, dividiu o farnelzinho que ainda lhe restava, e mudou-lhe a roupa, após lhe ter lavado e cuidado das feridas, privando-se da única vestimenta que tinha.

O velhinho, olhando para ele com amor, disse:

— Bom menino, quem dá aos pobres, empresta a Deus. Bem sei que vais buscar o passarinho encantado para curar o rei. Vais te expor ao maior de todos os perigos, mas nada receies, que eu te ajudarei.

Teus irmãos que aí vão e me recusaram uma esmola, lá não chegarão, por serem maus e sem fé.

— Quem és tu, bom senhor, que assim me falas com tanto amor? — perguntou o menino.

— Sou protetor dos bons. Agora, vou te guiar, meu filho, para que sejas feliz. Perto daqui, há uma propriedade muito rica onde irás dormir. Como estás sem dinheiro, vende este cavalo, que nada vale, e compra o mais magro que houver no campo, caindo de velhice e já rodeado de urubus. Monta-o; e, logo que saíres do campo, se transformará em um animal muito bonito, que voa, em vez de correr. Ele te levará ao palácio de ferro. Logo que ali chegares, verás à entrada um formidável dragão com asas. As chaves do palácio estão guardadas dentro na goela da terrível serpente. Se estiver com os olhos fechados, está acordada; se os tiver abertos, está dormindo, e nesse caso, podes, afoitamente, tirá-las e abrir o palácio. Aberta a porta, verás aí essa linda fada, que desencantarás tirando-lhe do pescoço a chave de ouro, que abre a porta onde está o passarinho em uma gaiola de brilhantes. Não te deixes, meu filho, seduzir pela beleza da fada; faze tudo rapidamente, e foge com a gaiola, deixando a fada, que desencantada, não corre mais risco. O dragão, despertando, voará em tua perseguição; quando estiver já próximo a ti, apeia: com esta espada que te entrego, corta o cavalo ao meio, entra-lhe na barriga, exclamando: A mim bom senhor! Logo que o dragão tiver voltado, sai, costure-lhe a barriga com esta agulha e linha que te dou e verás que ele continuará a voar.

A serpente há de voltar, assim que o vir nos ares; quando se aproximar, grita de novo por mim e lança ao ar estes punhados de alfinetes; depois este punhado de cinzas; e finalmente, este sal. Quando chegares ao campo, vende o bonito cavalo que não te há de servir, compra o teu e parte sem parar, até receberes as bênçãos de teu pai, que tanto teme por ti.

Lúcio beijou a mão do senhor e seguiu viagem.

Chegando à fazenda, vendeu o cavalo gordo e comprou o magro; mas quando o viu, mal pôde acreditar no que dissera o senhor. No entanto, cumpriu o que lhe fora ordenado.

De fato, ficou espantado, quando a alguns passos da fazenda, o animal repentinamente engordou, criou asas e começou a voar.

No fim de algumas horas, chegou ao palácio de ferro.

O dragão tinha os olhos abertos, e, portanto, estava dormindo, com a boca enorme bem escancarada.

O moço, com muito jeitinho, tirou-lhe a chave, e depressa, abriu a porta que dava entrada para o palácio.

Antônio ficou encantado ao ver a fada, e, por mais esforços que fizesse, não podia desviar dela os olhos, até que, ouvindo o cavalo bater com os pés como aviso, se lembrou dos conselhos do senhor; mal teve tempo de arrancar a chave de ouro do pescoço e abrir a porta, e tirar a gaiola, saltar por cima do dragão sobre o cavalo, e este já, voando rapidamente, era perseguido pela serpente.

Quando viu que o dragão vinha muito perto, saltou o chão, cortou o cavalo em dois com a espada e se escondeu com o passarinho na barriga. O dragão, ao chegar, vendo o cavalo morto e já podre, voltou desesperado para se vingar da fada.

O rapaz logo saiu, costurou o cavalo, montou e novamente voaram.

O dragão voltou por sua vez, e, com mais rapidez, voou ainda. Ia já quase pegando o cavalo, quando o menino lançou ao ar o punhado de alfinetes, bradando: "A mim, bom senhor!"

Imediatamente formou-se um espinhal tão fechado, tão denso, que a serpente ficou presa nele e nos terríveis espinhos, e só no fim de muito tempo, conseguiu transpô-lo.

O cavalo ia longe, mas o dragão voava mais e depressa o alcançou.

O menino atirou o punhado de cinzas, gritando: "A mim bom senhor!"

Fez-se logo tal cerração, que o dragão perdeu o rumo, ficou desnorteado, com muita dificuldade passou e continuou a perseguir os fugitivos.

Em breve alcançou de novo o cavalo, mas o jovem agarrou no punhado de sal, deixou-o cair no chão, bradando como sempre: "A mim, bom senhor!"

Então, surgiu de repente um mar enorme, e o dragão, molhando as asas, não pôde mais voar e afogou-se.

Chegando Lúcio à fazenda, com o passarinho, vendeu o cavalo, readquiriu o primitivo e partiu.

Já muito longe, em um bonito campo, viu dois cavaleiros, nos quais reconheceu os irmãos.

Abraçaram-se muito contentes; mas, quando eles viram a gaiola com o passarinho encantado, tiraram-lhe, furaram-lhe os olhos e deram-lhe tanta pancada, que o deixaram como morto.

Voltaram com a gaiola para casa e levaram o passarinho ao monarca.

O rei, muito contente, esperava a todos os momentos que o passarinho cantasse, mas este mudo, silencioso, nem cantava, nem comia.

O rei, desesperado, maldisse a sua sorte, e amaldiçoou os portadores e a fada que dele zombara.

Gemia o menino, à beira da estrada, sem enxergar e todo ensanguentado, quando se lembrou do senhor.

Pôs-se a chorar, e exclamou, com as mãos postas:

— "A mim, bom senhor!"

Sentiu que alguém se aproximava e ficou com o coração cheio de esperanças, quando uma voz, que reconheceu ser a do senhor, lhe disse:

— Meu filho, eu te disse que andava pelo mundo a escolher os bons para proteger. Tu és bom, foste caridoso comigo e o serei contigo.

Levou-o para uma casa próxima e após cuidar de suas feridas, disse:

— Agora, meu filho, não te aflijas por teres perdido a vista, porque em breve a recobrarás; o passarinho não cantará e não deitará a baba salutar sem que você chegue ao palácio real, para onde vou conduzí-lo. Ficarás curado e o rei também.

O senhorzinho deu a mão ao mancebo até chegarem ao palácio.

Logo que o menino entrou, o pássaro pôs-se a cantar, abriu a porta da gaiola com o biquinho, esvoaçou em torno da cabeça do seu salvador e, pousando-lhe sobre a mão, começou a cantar; do seu bico a baba pingava e a sala rescendeu do delicioso perfume que dela se desprendia.

Lúcio passou a baba nos olhos e imediatamente voltou a enxergar.

Fez o mesmo nos olhos do rei, e este, inteiramente bom, deu graças a Deus!

No dia seguinte, quando iam começar os festejos em honra do rei, apareceu, sem que ninguém soubesse como, um palácio encantado para o qual se entrava por três estradas, cada qual mais rica — uma de ouro, outra de prata e a terceira de veludo.

De repente, saiu dele uma carruagem puxada por seis cavalos brancos, toda de ouro e brilhante. Dentro vinha a fada encantada.

O rei veio recebê-la e a abraçou.

Ela então lhe disse ser o prêmio anunciado para o valoroso mancebo que libertara e restituíra a vista ao seu caritativo rei.

Este, não sabendo qual dos três era, pediu conselhos à fada que lhe falou:

— Só um foi meu salvador; mandai meu carro buscar os três irmãos, um de cada vez, visto que todos disputam a posse do prêmio prometido.

O mais humilde escolherá a estrada mais pobre, e esse será saudado pelo companheiro de prisão, que o reconhecerá. O valor sempre está reunido à bondade e à humildade.

O rei mandou, pois, buscar o primeiro, ordenando que indicasse ele a estrada, por onde devia chegar ao palácio encantado.

O primeiro, o mais velho, gritou logo ao cocheiro:

— Pela estrada de ouro!...

Chegou junto à fada, beijou-lhe a mão e o passarinho não cantou.

O segundo veio pela prata e o mesmo lhe aconteceu.

O terceiro, quando parou o carro na bifurcação dos caminhos, viu o bom senhor, que a ele chegando disse:

— As bênçãos dos pais para os filhos valem mais do que todo o ouro do mundo: são pérolas com que Deus engrinalda a fronte dos humildes. Vai receber o fruto de tua caridade, e, em todas as tuas horas de venturas e tristezas, lembra-te do teu pobre pai e Jesus Cristo será contigo.

Apontou-lhe para o caminho de veludo, o mais pobre, e logo o passarinho, fugindo da gaiola, veio cantando afagar com as asinhas a fronte do seu salvador.

— Quando ele tocou com os lábios a mão da fada, sobre a qual descansara o passarinho, este pousou sobre a cabeça dela e transformou-se no mais rico diadema que o mundo viu.

Casaram-se. Houve grandes festejos e Lúcio obteve o perdão para seus irmãos, já condenados à forca.

OS DOIS AVARENTOS

Há muitos anos, em uma cidade do interior, vivia um avarento, que soube existir na capital, outro judeu de uma admirável experiência, com quem podia aprender muitas coisas preciosas.

Dirigiu-se para lá, empreendendo longa e penosa viagem.

Chegando à casa do colega, apresentou-se como discípulo humilde, desejoso de se instruir na grande ciência da Avareza.

— Seja bem-vindo — disse-lhe o judeu da cidade — Desde hoje podemos adquirir nova e útil experiência, indo até à praça do mercado.

Antes, porém, passaram por uma padaria.

— O senhor tem pão bom e bem feito? — inquiriu ele.

— Excelente — respondeu o padeiro. É tão mole e tão fresco como a melhor manteiga.

— Muito bem — falou ao seu companheiro o engenhoso avarento. — Eis aí, nessa comparação, a manteiga indicada como coisa ainda melhor do que o pão.

Mais adiante, parou em frente de uma casa de negócios e indagou:

— Tem boa manteiga?

— Excelente! Fresca e saborosa como azeite.

— Bem. Para fazer valer a manteiga, comparam-na ao azeite. Logo, o azeite é melhor e devemos preferi-lo.

Um pouco mais longe, perguntou a outro negociante:

— Tem bom azeite?

— Magnífico, claro e perfeito como a água.

— Ah! — exclamou o avarento. A água é por conseguinte o último ponto de comparação. Tenho grande quantidade em casa. Venha comigo — acrescentou ele —, dirigindo-se ao seu colega — vamos nos regalar bebendo-a, pois acabamos de saber que a manteiga é melhor que o pão, o azeite melhor que a manteiga e a água melhor que o azeite.

— Deus seja louvado — exclamou o avarento do interior — não perdi meu tempo vindo à capital.

O PATETINHA

Um lavrador tinha dois filhos que foram correr o mundo em busca de aventuras, fazendo tantas loucuras e extravagâncias, que por fim, não voltaram à casa paterna.

O irmão mais moço, a quem chamava Patetinha, foi procurá-los. Mas quando os encontrou, começaram a zombar dele, perguntando-lhe como, sendo tão simplório, tinha a pretensão de se governar bem pelo mundo, enquanto eles, que eram mais espertos, haviam se perdido.

Em todo o caso, seguiram juntos e pouco adiante, encontraram um formigueiro. Os mais velhos quiseram remexê-lo para se divertirem com a inquietação das formigas correndo para todos os lados, levando consigo os ovos. Mas Patetinha disse:

— Deixem em paz esses animais; não consinto que lhes façam mal.

Chegaram a um lago no qual nadavam muitos patos. Os dois quiseram apanhar um casal para os mandar assar. O outro se opôs:

— Deixem em paz esses animais; não consinto que os matem.

Depois, avistaram uma árvore onde havia uma colmeia tão cheia de mel, que até escorria pelo tronco abaixo.

Os dois quiseram fazer fogo para defumarem as abelhas e ficarem com o mel. Patetinha, porém, não permitiu.

Os três irmãos chegaram a um castelo que tinha as cavalariças repletas de cavalos transformados em pedra. Não havia uma viva alma ali.

Atravessaram todas as salas e pararam em uma porta fechada com três fechaduras, tendo um postigo que dava para um salão. Nesse salão, estava um homenzinho de cabelos grisalhos, sentado a uma mesa. Chamaram por ele a primeira e a segunda vez, sem que dessem acordo de si; na terceira, levantou-se, abriu a porta e foi andando adiante deles; depois, sem dizer nada, levou-os a uma mesa servida de manjares saborosos, e, quando acabaram de comer e beber, conduziu cada um a um quarto de dormir diferente.

No dia seguinte, pela manhã, o velhinho veio ter com o mais velho dos irmãos; fez-lhe o sinal para que fosse com ele e levou-o ao pé de uma mesa de pedra, sobre a qual estavam escritas as três provas, que deveriam ser executadas para desencantar o castelo.

A primeira era procurar no musgo, no meio dos bosques, as mil pérolas da princesa que por lá andavam semeadas. Se quem as procurasse não as encontrasse antes do pôr do sol, sem faltar uma só, ficaria transformado em pedra.

O mais velho passou o dia inteiro a procurar as pérolas. Quando chegou à noite, não havia encontrado mais que cem e foi convertido em pedra, como estava escrito. No outro dia, o do meio também experimentou.

Foi tão mal sucedido como o mais velho; não achou mais de duzentas e foi transformado em pedra.

Por fim, chegou a vez do Patetinha. Entrou a procurá-las. Como se fosse um trabalho muito difícil e comprido, sentou-se sobre uma pedra e pôs-se a chorar, quando o rei das formigas, a quem ele salvara a vida, chegou com cinco mil dos seus súditos e, em um instante os animaizinhos acharam todas as pérolas e as juntaram em monte.

A segunda tarefa, consistia em pescar a chave do quarto da princesa, que estava no fundo do lago. Logo que ele se aproximou, os patos que havia salvo vieram, mergulharam até o fundo e trouxeram a chave.

A terceira prova foi difícil; seria preciso saber qual das três princesas, que estavam adormecidas, era a mais moça. Todas as três pareciam-se muitíssimo.

A única coisa que a diferenciava era que, antes de adormecerem, a mais velha comeu um bocado de açúcar, a segunda bebeu um gole de xarope e a terceira, tomou uma colher de mel.

A rainha das abelhas, que o Patetinha livrara do fogo, veio em seu socorro e ficou pousada em cima dos lábios da que tinha comido mel, fazendo com que o Patetinha a distinguisse.

Como o encanto foi desfeito, o castelo saiu do seu sono mágico e todos os que estavam transformados em pedra, voltaram à forma humana.

O que se passava por pateta, casou com a mais nova e mais bonita das princesas, tornou-se rei depois da morte do sogro, e os irmãos casaram-se com as duas irmãs.

O BARBA-AZUL

Gilles de Retz era um opulento fidalgo, barão dos tempos feudais, medonhamente feio; e mais horroroso e repugnante parecia, porque tinha uma barba azul. Daí o apelido pelo qual era conhecido.

Já havia enviuvado vinte vezes, quando se lembrou de casar novamente e pediu Helena, formosíssima jovem, filha de uma vizinha.

A moça recusou, pois, não queria desposar um homem que tinha barba azul, viúvo vinte vezes, sem que ninguém soubesse o que era feito de suas esposas, nem de que tinham morrido.

O barão não desanimou. Para fazer-se agradável, levou-a ao castelo, com a mãe, a irmã e algumas amigas, além de vários moços. Aí durante uma semana, divertiu os seus convidados, oferecendo-lhes esplêndidas festas, bailes, passeios, cavalhadas, piqueniques, etc.

Foram tão deslumbrantes os folguedos, que no fim da semana Helena principiou a achar que o rico senhor não era tão horroroso como no começo lhe parecera, que a sua barba não era tão azul, e que era mesmo um cavalheiro correto e bem prendado.

Resolveu, portanto, aceitar a proposta. O casamento efetuou-se pouco tempo depois, e os novos esposos foram residir no esplendoroso palácio feudal.

Menos de um mês passado, o castelão despediu-se dizendo à mulher que ia fazer uma pequena viagem.

Recomendou-lhe que se divertisse quanto quisesse durante a sua ausência, podendo convidar as amigas.

Ao despedir-se falou-lhe:

— Aqui tens as chaves de todos os móveis e aposentos do castelo. Esta pequenina é do gabinete que existe no extremo oposto à galeria do andar de baixo. Abre, esquadrinha, percorre tudo, mas proíbo-te terminantemente que entres nesse quarto. Se me desobedeceres, hás de sentir o peso da minha cólera.

Ela prometeu que observaria exatamente tudo quanto o barão lhe ordenava. O marido, depois de tê-la abraçado, subiu para a carruagem e partiu.

As amigas e as vizinhas não esperaram pelo convite. Curiosas em extremo, estavam cheias de desejos de verem as riquezas e os vários domínios de Helena, cuja sorte invejavam.

No mesmo dia foram visitá-la, e desde logo percorreram todas as dependências do castelo, canto por canto, remexendo peça por peça, farejando móvel por móvel.

Não cessavam de exagerar e invejar a felicidade da amiga, que era a única a não achar prazer naquilo, ansiosa para examinar o gabinete da galeria.

Após percorrerem o vasto edifício, chegaram ao quarto. A moça esperou que se retirassem para outro ponto, e, quando se apanhou sozinha, abriu a porta.

A princípio nada enxergou, em vista da escuridão que reinava.

Após alguns minutos começou a distinguir: percebeu que o assoalho estava inundado de sangue coagulado e sobre ele, os cadáveres das vinte esposas do Barba-Azul.

Helena, quando viu aquele pavoroso espetáculo, quase morreu de susto.

Conseguiu, porém, acalmar-se; fechou novamente o gabinete e foi reunir-se às visitas.

No dia seguinte notou que a chave estava tinta de sangue. Limpou-a, mas o sangue não saía, aparecendo sempre no mesmo ponto, porque a chave era encantada.

Quando Barba-Azul voltou da viagem, a mulher fez tudo para testemunhar grande prazer com o seu regresso, que não esperava tão cedo. O marido, a primeira coisa que fez, foi pedir-lhes as chaves.

Helena entregou-lhas, a tremer.

Por que motivo — perguntou ele — não se acha aqui a chave do gabinete?

— Creio que a deixei no meu quarto... — respondeu ela gaguejando.

— Então vá buscá-la.

Ela saiu e não teve remédio senão trazê-la.

— Que sangue é este? — perguntou Barba-Azul.

— Não sei... falou com voz sumida, quase morrendo...

— Não sabes? Pois eu sei. Quiseste entrar no gabinete, e agora hás de ir para lá fazer companhia às outras.

A moça caiu aos pés do marido, chorando, pedindo perdão. Ele mostrou-se inflexível.

— Concedo uma hora, nem um minuto mais! — declarou peremptoriamente o perverso assassino.

A mulher subiu no alto da torre juntamente com a irmã, que lhe estava fazendo companhia.

— Ana, disse ela, espia se nossos irmãos vêm vindo. Prometeram que chegariam hoje, sem falta.

A irmã aproximou-se da janela. Helena, ajoelhada, enquanto rezava, perguntava de vez em quando:

— Ana, não vês ninguém?

— Só vejo o campo verdejante.

Barba-Azul, embaixo, gritava:

— Avia-te, mulher, que o tempo está se passando! Olha que vou te buscar...

— Ainda um minuto! Respondia ela. E para a irmã:

— Mana, minha irmã Ana, não vês ninguém?

— Só vejo campo verdejante, dizia a outra.

Barba-Azul continuava a gritar:

— Desce! Ou vou lá em cima.

— Já vou, meu marido — dizia Helena e baixinho para Ana:

— Não vêm ainda, mana?

— Estou vendo uma nuvem de pó.

— Serão eles, mana!

— Espera... Não!... É um rebanho de ovelhas.

— Desces ou não? Tornava Barba-Azul.

— Ainda um instante... Mana, mana, vêm ou não vêm?

— Vejo dois cavalheiros que vêm pela estrada, mas ainda estão muito longe... Ah! São eles! Estão fazendo sinal!

E agitava o lenço, chamando-os.

Barba-Azul, impaciente, começou a gritar com tanta força, que toda a casa estremecia. A mulher desceu e lançou-se aos seus pés.

— Isso é inútil; pare de chorar, porque tens de morrer.

E pegando-lhe nos cabelos com a mão esquerda, puxou a espada com a direita. A infeliz criatura, voltando para ele os seus olhos moribundos, pediu-lhe mais uns minutos de espera.

— Não! Não! Recomenda-te a Deus.

E levantou a espada.

Nesse momento bateram, com tal estrondo, que Barba-Azul suspendeu o golpe. A porta foi arrombada e dois moços entraram, de espada desembainhada, dirigindo-se para o carrasco.

Barba-Azul reconheceu os seus cunhados, ambos tenentes do exército e fugiu. Mas os dois oficiais correram em sua perseguição; e, o apanharam e mataram.

Helena nem tinha forças para abraçar os irmãos; vendo-se, porém, livre do perigo, recobrou ânimo.

Ficando viúva, herdou a imensa fortuna do seu marido, e empregou-se em fazer benefícios, vivendo feliz com a mãe, a irmã e os irmãos.

O GATO DE BOTAS

Estando às portas da morte, um moleiro, já adiantado em anos, chamou para junto de si os seus únicos três filhos, Augusto, Heitor e Felipe. Depois de lhes dar muitos conselhos, disse-lhes que só lhes podia deixar por herança o moinho, o seu burro e seu gato Malhado. Em seguida, abençoou-os e expirou.

Os rapazes, após chorarem a morte de seu bom pai, dividiram o pequeno legado. Augusto, o mais velho, ficou com o moinho; Heitor teve o burro; e ao mais moço, Felipe, coube o gato.

O dono do Malhado não ficou muito satisfeito com o que lhe havia tocado e saiu de casa para ir ganhar a vida. No meio do caminho sentou-se tristemente à sombra de uma árvore, refletindo em voz alta sobre a sua pouca sorte:

— Meus irmãos, com o que têm, poderão ganhar a vida honradamente e sem grande canseira, ao passo que eu, quando tiver comido o meu gato, morrerei de fome.

— Não se desespere, meu amo. Dê-me um saco, mande-me fazer um par de botas de verniz e verá que não há de ser tão infeliz como pensa.

Felipe não tinha grande confiança nos serviços do bichano. Entretanto, lembrando-se quanto era astucioso para caçar ratos, não desanimou de todo e mandou fazer as botas.

Assim que o gato as obteve, calçou-as, colocou o saquinho ao pescoço, pegou nos cordões com as patas dianteiras e dirigiu-se para um campo onde havia muitos coelhos.

Meteu comida dentro; e estendendo-se como se estivesse morto, esperou que alguns coelhinhos viessem comer.

Não haviam decorrido vinte minutos, quando um coelhinho entrou. Malhado, puxando pelos cordões do saco, agarrou-o.

Satisfeito com sua estratégia, saiu dali, marchou para o palácio do rei, e pediu audiência. O monarca recebeu-o nos seus aposentos particulares, onde ele entrou, fazendo cortesias, seguindo a mais rigorosa etiqueta.

— Permita-me V. M. oferecer-lhe este coelho, que meu amo, o muito ilustre senhor Marquês de Carabas, me encarregou de trazer.

O rei agradeceu muito, admirado de ver aquilo bicho tão bonito calçado de botas de verniz.

Malhado, durante perto de três meses, continuou a caçar daquele modo, ora coelhos, ora lebres, perdizes, etc. Levava-os para sustento de Felipe; e, de vez em quando, ia oferecê-los ao rei sempre em nome do Marquês de Carabas, cujo título ficou sendo conhecido na corte.

Um dia soube que o poderoso príncipe ia passear, devendo passar pelas margens do rio. Correu para o senhor e disse-lhe:

— Se quiser seguir o meu conselho, a sua fortuna está feita. Vá banhar-se ao rio, perto da ponte e deixe o resto por minha conta.

Felipe, isto é, o Marquês de Carabas, fez o que o animal lhe aconselhara, embora não soubesse o fim a que queria chegar.

Pouco depois de entrar na água, o rei passou; e o gato, colocando-se em frente à carruagem, bradou:

— Socorro! Socorro! Acudam ao Sr. Marquês de Carabas que está se afogando!...

A esse apelo, o rei pôs a cabeça fora da carruagem; e reconhecendo o gato, ordenou aos soldados da sua guarda que acudissem ao fidalgo.

Enquanto se retirava o marquês, Malhado contou, que, na ocasião em que seu amo estava tomando banho, alguns ladrões lhe haviam roubado a roupa.

O monarca mandou buscar um dos seus mais belos e luxuosos trajes. Felipe, vestindo-se, ficou um verdadeiro fidalgo, era moço distinto e bonito. Agradeceu a Sua Majestade e lançou ternos olhares para a jovem princesa, que correspondeu ao namoro.

Depois o rei convidou-o a subir para o carro.

O gato contente por ver que seus planos estavam sendo bem executados, saiu adiante, pelo caminho por onde o ilustre príncipe e sua comitiva tinham de passar.

— Se vocês não disserem ao rei que estes campos pertencem ao Marquês de Carabas, morrerão...

O rei, passando poucos minutos depois, perguntou efetivamente a quem pertenciam.

— São do Sr. Marquês de Carabas — responderam eles, receosos da ameaça do gato de botas.

Malhado, seguindo sempre na frente, fazia a mesma recomendação aos trabalhadores que via, quer fossem homens de lavoura, quer pastores.

O rei fazia a todos a mesma pergunta, e obtinha sempre a mesma resposta. Ficou admirado da riqueza do Marquês de Carabas e felicitou-o.

Finalmente o inteligente e astucioso animal chegou ao majestoso castelo de um gigante, muito afamado naquele país. Pediu para lhe falar e disse-lhe que não quis passar por ali sem cumprimentar uma pessoa distinta.

— Ouvi também dizer — falou ele — que vossa excelência tem a habilidade de se transformar naquilo que quiser, num animal... por exemplo... num leão. Será?

— Ora — respondeu o gigante — isso nada me custa. Em que queres que me transforme?

— Num leão, se for possível.

— Vai ver.

Imediatamente, o gigante virou um leão e Malhado teve tanto medo, que pulou para cima do telhado, só voltando quando o mágico retornou a sua forma natural.

— Ora, também não é muito de admirar, disse o gato, porque o leão é um animal grande, e V. Exa. é um gigante. Duvido que se transforme num bichinho pequeno...

— Como é que duvidas?!... — interrompeu o gigante com voz terrível. Diz em que bichinho queres que me transforme!...

— Num camundongo...

Mal tinha acabado, quando o homenzarrão se transformou em ratinho. Malhado, mais que depressa, abocanhou-o e o comeu.

Meia hora depois, o rei passou em frente ao castelo e o gato, assim que ouviu o rodar do carro, correu para a porta principal, gritando:

— Seja bem-vindo, real senhor, à choupana do Sr. Marquês de Carabas!

— Como, Marquês? — exclamou o rei — pois esse palácio majestoso também é seu?

Entraram. Uma lauta refeição estava preparada para o gigante.

O rei, a princesa e os fidalgos sentaram-se e comeram à farta.

Então, Sua Majestade, encantado com a opulência do marquês, ofereceu-lhe a filha em casamento e Felipe desposou-a dias depois, no meio de grandes festas.

Malhado teve carta de nobreza e nunca mais correu atrás dos ratos, senão de vez em quando, por prazer.

O CHAPEUZINHO VERMELHO

Existia na capital de um país distante, uma menininha muito elegante e linda.

Chamava-se Albertina, mas toda a gente a conhecia por Naná. Sua avó a estimava imensamente.

Esta boa avozinha, não sabendo mais o que inventar para alegrá-la, deu-lhe um chapeuzinho de veludo vermelho.

A pequena ficou satisfeitíssima com o seu novo chapéu, a ponto de não querer usar outro, e, como andasse constantemente com aquele, quando a viam aproximar-se, tão bonitinha, chamavam-lhe Chapeuzinho Vermelho.

Sua mãe e sua avó moravam a meia légua de distância uma da outra, e entre as suas habitações havia uma floresta.

Uma manhã, a mamãe disse para Naná:

— Tua avozinha está doente e não pode vir me ver. Eu também não posso ir lá. Assim, você irá levar-lhe um bolo e uma garrafa de vinho. Tome cuidado: não quebres a garrafa, nem te divirtas em correr pela floresta. Segue sossegada pelo caminho e volte depressa.

— Sim — respondeu Chapeuzinho Vermelho. — A obedecerei mamãe.

Vestiu-se com aventalzinho muito limpo, colocou a garrafa e o bolo numa cestinha, e seguiu contente.

Desobedecendo à mãe, entrou num outro caminho para colher flores, quando apareceu um lobo.

A menina não conhecia os lobos e olhou para aquele sem receio algum.

— Bom dia, pequena Chapeuzinho Vermelho — disse o lobo.

— Bom dia, senhor — respondeu Naná delicadamente.

— Aonde vai tão cedo?

— Vou à casa de minha avó, que está doente.

— E leva-lhe alguma coisa?

— Sim, um bolo e uma garrafa de vinho que a mamãe mandou.

— Diga-me, minha interessante menina: onde mora a sua avó? Quero ir vê-la também.

— Mora à beira da floresta, não muito longe daqui. Ao lado da casinha, há árvores muito grandes e, no jardim, laranjeiras.

— Ah! Tu é que és uma laranjinha muito apetitosa — disse o lobo consigo mesmo e acrescentou alto: Olha que lindas árvores e que lindos passarinhos! É, na verdade, um belo divertimento a gente passear na floresta, onde se encontram tão boas plantas medicinais.

— Sem dúvida alguma o senhor é médico, replicou Albertina — pois conhece as plantas medicinais. Talvez pudesse indicar-me algumas que fizessem bem à vovó.

— Perfeitamente, minha filha: aqui tem várias... esta, essas, aquelas outras...

Mas todas as plantas que o lobo ia indicando eram venenosas.

A inocente criança, entretanto, colheu-as para levá-las à sua vovó.

— Adeus, minha gentil Chapeuzinho Vermelho, estimei muito me encontrar com você. Vou deixá-la, pesaroso, pois tenho que ir depressa ver alguns doentes.

Assim falando, correu rapidamente para a casa da vovó, enquanto Naná se divertia colhendo as plantas que ele indicara.

Chegando à residência da senhora, achou a porta fechada e bateu.

A avó, não podendo levantar-se da cama, falou:

— Quem bate?

— É a pequena Chapeuzinho Vermelho — respondeu o lobo, mudando a voz —, mamãe mandou-lhe um bolo e uma garrafa de vinho.

— Entre minha netinha. A chave está aí embaixo da porta.

O lobo encaminhou-se para a cama da doente.

Aí, engoliu-a de uma só vez e, vestindo as roupas da velha, esperou deitado no leito.

Um instante depois, chegou Albertina, que ficou admirada por ver a porta escancarada, sabendo o cuidado de sua avó.

O lobo havia colocado uma touca na cabeça; apenas se percebia um pouco da sua cara.

Mas assim mesmo, o que se via era horroroso.

— Ah! Avozinha — disse a pequena Chapeuzinho Vermelho — para que é que a senhora tem orelhas tão grandes?

— Para melhor te ouvir, minha neta.

— Para que tem braços tão compridos?

— Para melhor te abraçar, minha neta.

— Para que tem uma boca tão grande e dentes tão compridos?

— Para te comer...

Dizendo isso, o lobo avançou para a pobre menina e engoliu-a.

Achando-se plenamente satisfeito, adormeceu e, durante o sono, ressonava terrivelmente.

Um caçador, passando por acaso perto da casinha e ouvindo esse ruído extraordinário, disse:

— A velhinha está talvez com pesadelo. Quem sabe mesmo se não está mal? Vou ver se lhe posso servir para alguma coisa.

Entrou e descobriu o lobo estendido na cama.

— Olé! Você por aqui! Há quanto tempo o procuro!
Armou a espingarda, mas lembrou-se:
— Não vejo a dona da casa e bem pode ser que ele a tenha engolido viva.
Então, com a sua faca de caça, abriu habilmente a barriga do lobo.
Apareceu Chapeuzinho Vermelho, que saltou no chão, exclamando:
— Ah! Que lugar terrível em que eu estava fechada!
A avó saiu também, muito satisfeita por tornar a ver o dia.
A fera continuava a dormir profundamente.
O caçador meteu-lhe duas pedras na barriga e, em seguida, costurou a pele, ocultando-se depois com a avó e a neta.
Quando o lobo acordou, devorado por uma sede ardente, dirigiu-se para o tanque.
Enquanto caminhava, ouviu pedras batendo lá dentro e ficou pasmo, sem saber o que era.
Chegando ao tanque, arrastado pelo peso das pedras, afogou-se.
Naná, desde esse dia, vendo o quanto é mau ser uma filha desobediente, prometeu nunca mais deixar de seguir as recomendações de sua mãe e seguiu cumprindo a promessa.

O PERIGO DA FORTUNA

Jesus Cristo passeava pelo mundo, quando foi surpreendido pela noite nas proximidades de uma aldeia. Procurou uma casa onde pudesse pedir pousada, mas todas as portas já estavam fechadas, as luzes apagadas, e os moradores adormecidos.

Apenas no fim de uma rua escura, ouvia-se o barulho do pau batendo trigo. Aí brilhava uma luzinha.

Nosso Senhor, dirigiu-se para lá e bateu à porta.

Um camponês veio abrir:

— Pode permitir que eu aqui descanse esta noite? Não terá que se arrepender com isso.

O camponês deu-lhe abrigo. Jesus começou a conversar:

— Toda a gente já está recolhida. Por que motivo, trabalha ainda a esta hora?

— Ah! — respondeu o camponês — Soube ontem à tarde que ia ser processado por um credor implacável. Se lhe não pagar amanhã o que devo, nem sei o que será de nós! Por esse motivo eu e meus filhos pusemo-nos a trabalhar, a fim de ver se consigo solver essa dívida. Depois disso, nada mais teremos e não sei como passaremos o inverno. Ainda assim, confio em Deus!

Falando dessa forma, o camponês enxugou o suor que lhe escorria da fronte e passou a mão pelos olhos cheios d'água.

O Senhor teve compaixão dele, disse-lhe:

— Não desanime, bom homem. Pedindo-lhe hospitalidade, disse que não havia de se arrepender de me haver concedido. Vou provar-lhe.

Segurou no lampião pendente de um dos caibros do teto e aproximou-se da palha.

— Que está fazendo, homem? — exclamaram receosos os trabalhadores. — Vai queimar tudo!

Mas, da palha que temiam ver incendiada, caiu prodigiosa chuva de grãos de trigo.

Os camponeses, à vista desse milagre, caíram de joelhos, maravilhados.

Já que foste caridoso — falou Jesus Cristo —, já que recebeste na tua pobreza o peregrino que te procurou, como se fosse um pobre mendigo, recompenso-te. Foi o Senhor quem entrou em tua casa; foi o Senhor quem te enriqueceu.

Depois, Jesus Cristo desapareceu.

E a chuva de trigo não cessou de cair durante toda a noite dentro da casa, e no pátio, e no dia seguinte, formava um monte da altura de uma igreja.

O camponês pagou as dívidas, comprou terras e fez edificar um maravilhoso palácio.

Era rico. Tornou-se orgulhoso, mau, de coração empedernido para com os pobres.

Ele e seus filhos, tomaram os hábitos das pessoas opulentas, viveram com desmedido luxo e entregaram-se a excessos de toda a sorte, de forma que acabaram se arruinando. E como tinham sido maus no tempo em que eram ricos, não acharam consideração nem consolo nos dias da desgraça.

Uma noite, o velho camponês, tendo-se embriagado, entrou na casinha que havia conservado e, lembrando-se do milagre que o havia enriquecido, pensou que poderia renová-lo.

Tomou o lampião, aproximou a luz da palha e incendiou-a.

O fogo tudo consumiu. Nada mais lhes restava e morreu na miséria.

OS MENINOS VADIOS

Três meninos se dirigiam para a escola. No meio do caminho, começaram a refletir e a conversar: — Vamos à mata — disse um deles — ali acharemos toda a sorte de lindos animaizinhos, que nada têm que fazer e brincarão conosco.

Foram. Passaram pela diligente formiga e pela abelha trabalhadora, sem parar.

Dirigiram-se, porém, ao pintassilgo:

— Brincar? Pois vocês pensam nisso? Tenho muito que fazer; estou reunindo raminhos secos e palha para fazer um ninho.

— Eu — disse o ratinho — estou colhendo provisões para quando chegar o inverno.

— Eu — falou uma pombinha branca — tenho muitas coisas para levar aos meus filhinhos que me esperam.

— Eu — respondeu-lhes a lebre —, teria muito prazer em correr pelos campos com vocês, mas não fiz a toalete e ainda não arrumei minha casinha.

— E tu, gentil regato? — exclamaram os pequenos fujões. — Não queres brincar conosco?

— Brincar com vocês, meninos? Como? Lembrem-se que nunca estou desocupado; não tenho, dia e noite, um só momento de descanso. É preciso dar de beber a homens e animais; que regue colinas, campos, vales e jardins; que apague incêndios, faça mover forjas, moinhos e serrarias. Não acabaria de falar, se quisesse enumerar todas as minhas ocupações. Adeus. Estou com pressa.

Os meninos, desapontados, olharam para o alto e viram um rouxinol pousado sobre uma árvore.

— E tu, que nada fazes, não quer vir brincar?

— Nada faço? Estão loucos! Durante o dia é preciso que apanhe pequenos animaizinhos para meu sustento, que me associe aos cantares dos outros pássaros, que recreie com o meu canto o rude operário no seu trabalho, que faça adormecer as criancinhas com outros cantos e, à noite, que entoe louvores a Deus. Vão-se embora, meninos preguiçosos, vão cumprir seus deveres e não venham perturbar os habitantes da mata, que têm muito em que se ocupar.

Os meninos aproveitaram a lição e reconheceram que o prazer é bom, mas quando é a recompensa do trabalho.

O PEQUENO POLEGAR

Num calmo dia de verão, um mágico viajava por uma pequena vila da Inglaterra. Sentindo-se fatigado, bateu à porta de um honesto lavrador, pedindo permissão para descansar.

A mulher o acolheu delicadamente, oferecendo-lhe leite numa vasilha de pau e pão em um prato também de madeira.

Naquela casa, tudo se achava em ordem. Bem-arranjado e limpo, mas os moradores tinham o ar triste e desolado.

— Ah! — disse a mulher, chorando — eu seria a criatura mais feliz do mundo se tivesse um filho, ainda que ele fosse do tamanho do polegar do seu pai!

A ideia de um rapaz do tamanho de um dedo divertiu o mágico.

Quando se despediu daquela boa gente, foi procurar a rainha das fadas, que era sua amiga, e pediu-lhe que satisfizesse os desejos da pobre mulher. Pouco depois, nascia na cabana um menino muito pequeno.

A fada, ao vê-lo no seu berço, deu-lhe o nome de Pequeno Polegar, e mandou que as outras lhe fizessem o enxoval.

De uma folha de carvalho, fizeram uma touca, de uma teia de aranha, uma camisa, e assim tudo mais. Pequeno Polegar, batizado pelo nome inglês de Tom, não cresceu mais que o dedo do pai. Apesar, porém, da sua insignificante altura, era preciso vigiá-lo bem, por ser muito vivo e esperto e a mãe não o governar facilmente.

Algumas vezes, escondia-se nos bolsos dos meninos da sua idade e roubava-lhe os frutos. Um deles, tendo-o surpreendido no momento em que cometia um desses furtos, escondeu-o, para castigá-lo, num saquinho de nozes e sacudiu-o com tanta força, que o machucou horrivelmente. Tom suplicou perdão, prometendo nunca mais fazer daquelas partidas. Algum tempo depois, subiu, por curiosidade, nas bordas de uma terrina onde sua mãe havia posto todos os ingredientes necessários para fazer um pudim. Inclinando-se para ver as gemas dos ovos, passas de Corinto, açúcar, farinha de trigo, etc., caiu dentro.

Tentando ver se conseguia sair, levantava as pernas, agitava os braços, erguia a cabeça e fazia tais esforços, que a mãe, julgando o pudim enfeitiçado, deu-o a um homem que passava carregando um saco de carvão.

O Pequeno Polegar, tendo conseguido cuspir fora toda a farinha que lhe entupia a boca, começou a gritar, com tal violência, que o carvoeiro, amedrontado, jogou-o fora.

Então, o pequeno Tom conseguiu levantar-se e arrastando-se com dificuldade, dirigiu-se para a casa.

Certa vez, foi tirar leite da vaca. A mãe, receando que o vento o carregasse, amarrou-o a um cordão na cintura.

De repente o ouviu gritar:

— Socorro, mamãe!

— Onde estás, meu filho? — interrogou ela, espantada.

— Na garganta da vaca.

Fora o animal, na verdade, que, tendo ido comer um pouco de erva, levou o pequenino com a língua.

Felizmente conservou a goela aberta, durante alguns segundos, e Tom aproveitou-se para pular no chão.

Não pararam aí as aventuras extraordinárias do Pequeno Polegar.

Uma ocasião, achando-se a passear no campo, um gavião agarrou-o pela roupa e levou-o para o cume de um rochedo alto.

Daí, o pequeno Tom rolou e caiu ao mar, sendo engolido por um robalo.

Um pescador, tendo apanhado esse peixe, ofereceu-o ao rei Artur.

Quando abriram a barriga do peixe, Tom saiu vivo de dentro.

O rei, encantado por esse menino tão esperto, nomeou-o seu bobo favorito e o fez residir com todas as regalias e comodidades, no palácio real.

Quando montava a cavalo, levava Tom no arção da sela. Se chovia, escondia-o no bolso.

O soberano inglês interrogou-o a respeito de seus pais; sabendo que eram pobres, mandou-o visitá-los, permitindo-lhe levar todo o dinheiro que pudesse carregar.

Tom apanhou a mais pequenina moeda de ouro em circulação no reino, colocou-a dentro de uma bolsinha e, carregado com aquele peso extraordinário para ele, chegou à casa paterna. Caminhara sem cessar durante dois dias e duas noites para fazer meia-légua.

Os pais ficaram muito admirados quando o viram com todo aquele dinheiro e deitaram-no num sapato junto ao fogão. Durante três dias, deram-lhe para comer um pedaço de maçã.

Entretanto, ele quis regressar para o palácio. Como tinha chovido muito e a terra estava molhada, sua mãe colocou-o na palma da mão, soprou-o com força, indo ele parar no palácio.

Novamente divertiu o rei e toda a corte com as suas graças.

Como era de natureza extremamente belicosa, quis exercitar-se no manejo das armas e assistir às justas e torneios.

Fatigou-se de tal maneira nesses exercícios, que adoeceu gravemente. A rainha das fadas, compadecida dele, colocou-o num carro, que era uma pétala de rosa, puxada por uma borboleta e transportou-o ao seu palácio. Aí curou-o e reenviou-o ao rei.

Um dia, o inocente Tom foi acusado de ter tentado envenenar o cozinheiro real.

Apesar dos seus protestos, foi julgado e condenado à morte. Ouvindo pronunciar essa terrível sentença, Tom reparou em um soldado que estava perto dele de boca aberta e escondeu-se lá dentro.

Ninguém o vira fazer aquele movimento e procuraram-no inutilmente.

O pobre soldado, sentindo cócegas na garganta, baixou ao hospital, onde vários médicos o examinaram, sem atinarem com a moléstia.

No dia seguinte, tendo tomado um vomitório, expeliu o Pequeno Polegar. Surpreendido por vê-lo, atirou-o raivoso pela janela, indo o pobre Tom cair no rio, onde outra vez, um peixe o engoliu.

Dias depois, saiu da sua nova prisão e apresentou-se ao rei, que, reconhecendo a injustiça da sua condenação, o perdoou, retomando-o ao seu serviço, dando-lhe foros de nobreza e fazendo-o vestir-se magnificamente.

De asas de borboleta, fizeram-lhe uma camisa, da pele de um camundongo, botas de montar, uma agulha grossa era sua espada e, um ratinho, o seu cavalo-de-batalha.

Assim, armado e equipado, ia à caça e todo mundo se divertia vendo-o galopar.

Uma manhã, atravessava uma aldeia, muito orgulhoso na sua montaria, quando um gato lhe saiu ao encalço. Tom puxou da espada e pôs valentemente o inimigo em fuga.

Mas o animal conseguiu meter-lhe as unhas, despedaçando-lhe o seu belo fato e arranhando-lhe a pele.

Novamente, a rainha das fadas levou-o para seu palácio, onde tratou dele até que se restabeleceu completamente. Depois, com um sopro, o enviou ao rei. O célebre Artur morrera, entretanto, o seu sucessor Thumston, não conhecia o homenzinho.

— Quem és tu? Perguntou-lhe, ao vê-lo cair no seu castelo.

O Pequeno Polegar respondeu:

— Eu sou Tom, mais conhecido pela alcunha de Pequeno Polegar. Venho do Reino das Fadas. No tempo do falecido rei Artur, residia aqui. Ele gostava de mim, protegia-me e fez-me nobre.

— Pois bem — replicou Thumston — eu também cuidarei de ti.

Mandou construir para o nosso herói um belo palácio de um palmo de altura e uma cadeira a fim de que ele pudesse se sentar à mesa real. Tom, nunca havia sido tão animado e festejado. Mas favor que se goza nas cortes, nem sempre é de longa duração.

Thumston, tendo dado de presente ao seu favorito uma bela carruagem puxada por seis ratinhos brancos, deixou a rainha furiosa por não ter também, uma nova equipagem, acusou Tom de ter sido insolente para com ela e o rei jurou puni-lo sem dó nem piedade.

O pobre Pequeno Polegar, para fugir ao castigo terrível que o esperava, ocultou-se num buraco do teto, durante tantos dias, que quase morreu de fome e inanição.

Um dia, conseguiu sair, sem que ninguém o visse e, para se afastar mais depressa do palácio, onde tinha a recear a cólera do rei e o ódio implacável da rainha, subiu ao dorso de uma borboleta, que voou pelos ares afora.

Não possuindo selim, estribos, nem rédeas, não pôde manter-se em equilíbrio por muito tempo e caiu no canto de um muro.

Aí, uma grande aranha estendeu sobre ele suas patas. Tom puxou da espada para se defender. Inútil bravura! O venenoso animal destilou-lhe em seu corpo um líquido intoxicado e ele morreu.

A IGREJA DE FALSTER

Existe em Falster, na Dinamarca, uma mulher que, não tendo filhos e nem parentes, resolveu empregar a sua fortuna em obras piedosas. Fez construir uma igreja magnífica.

Quando esse edifício ficou acabado, ajoelhou-se e, juntando as mãos, pediu a Deus para viver tanto tempo quanto as paredes daquele santuário ficassem de pé.

A Morte começou a devastar em torno dela e, arrebatou-lhe, sucessivamente, todos com quem convivia.

Viu morrer pessoas de sua idade; viu gente crescer, envelhecer e morrer.

A pobre mulher, que tinha manifestado tão imprudente desejo, não podia morrer. Envelhecia, porém, lentamente, sozinha.

Envelheceu de tal maneira, que acabou por perder o uso das faculdades.

Não comia senão uma vez por ano à meia-noite, na missa do Natal.

Então, fez construir um esquife, encerrou-se nele, e mandou que a colocassem dentro da igreja, junto à nave.

Conservou-se aí durante todo o ano, imóvel e calada.

Mas no dia de Natal, recuperou a palavra.

O padre aproximou-se dela, que, lentamente, se ergueu do esquife, e falou:

— A minha igreja ainda está de pé?

— Ainda! Respondeu o padre.

— Ai de mim! Geme ela, imperceptivelmente.

E depois, tornou a deitar-se no leito fúnebre.

A VELHINHA DA FLORESTA

Jorge, Felix e Isidoro eram filhos de um honrado e nobre alfaiate. Todos os três aprenderam diferentes ofícios e, um a um, deixaram a casa paterna, para ir, conforme se dizia naqueles tempos, terminar a aprendizagem trabalhando em várias oficinas.

Jorge foi quem partiu primeiro. Era hábil moleiro. Mas em vão pediu trabalho por toda parte. Em lugar algum, achou emprego e sua pequenina bolsa estava quase vazia.

Um dia, caminhava tristemente, desanimado, quando, no meio da floresta, viu diante de si uma senhorinha simpática que lhe disse:

— Para onde vais, meu menino? Parece que tens alguma coisa que te incomoda. Conte-me a causa dos teus pesares.

— Ah! Minha boa senhorinha, há muito tempo que estou correndo o mundo a procura de trabalho, sem nada achar. Não sei o que fazer. Eis aí o motivo de minha tristeza.

— Qual é o teu ofício?

— Sou moleiro.

— Olé — exclamou alegremente a velha — também me ocupo disso. Vem comigo e te darei serviço. Moro aqui mesmo, no interior da floresta. Ficará contente.

Jorge aceitou apressadamente o convite.

Após haver dado meia dúzia de passos, chegou em frente a uma bela casa, rodeada de árvores.

A senhora conduziu-o para um quarto confortável, bem mobiliado e quente. Aí, serviu ao pequeno moleiro uma excelente refeição e conversaram amistosamente durante parte da noite.

No dia seguinte, Jorge começou o serviço. Era ativo, hábil e amava sua profissão. Além disso, desejava agradar à senhorinha que tanta bondade lhe testemunhava e portar-se convenientemente, a fim de não ser censurado.

Ao cabo de alguns meses, a senhora falou-lhe:

— Meu rapaz, já não tenho mais necessidade de teus serviços. Não posso pagar-te com dinheiro, mas faço-te um presente que vale muitíssimo. Toma esta mesinha e carregue-a para onde fores. Quando tiveres fome, dize-lhe: "Pequena mesinha, cobre-te..." e no mesmo instante, a verá servida de tudo quanto for necessário. E agora, adeus. Não te esqueças da senhorinha da floresta.

Jorge deixou pesaroso a casa onde tão belos dias havia passado.

Entretanto, alegrava-se imensamente em possuir a mesa mágica e pôs-se a caminho para regressar ao seu país.

Todas às vezes que tinha fome, pronunciava as palavras que a senhora lhe havia ensinado. A mesa cobria-se de uma toalha branca e, sobre ela, apareciam pratos, garfos, facas, colheres, pão, vinho e comidas excelentemente feitas.

Quando parava nas estalagens, pedia apenas um quarto para dormir e só pagava a cama.

Uma noite, na última hospedaria em que devia pernoitar, estava no quarto, falando à mesa.

O dono do hotel espreitava-o pelo buraco da fechadura e vendo o milagre operado pelo jovem moleiro, resolveu roubar-lhe o precioso móvel.

No dia seguinte, pela manhã, substituiu-o por outro igual.

Jorge partiu, sem desconfiar daquela traição, e assim que chegou à casa paterna, exclamou:

— Ah! De hoje em diante, vocês não precisam mais trabalhar e não têm que recear a fome. Eis aqui um móvel que há de prover a todas as nossas necessidades. Olhem, meus pais. E, dirigindo-se à mesinha, falou: "Pequena mesinha, cobre-te..."

Mas, em vão, repetiu a ordem, duas e três vezes. A mesa nada produzia.

— Ai, meu pobre Jorge! — disse seu pai — se foi só isso tudo quanto ganhaste durante todo o tempo em que estiveste fora de nós, lastimo-te sinceramente; e, para reparar o tempo perdido, farás bem em trabalhar aqui com toda a atividade.

Jorge baixou a cabeça, confuso.

Contudo, recordava-se perfeitamente das boas refeições que a mesa lhe proporcionara, e não podia compreender como ela se tornara estéril do dia para a noite.

Entretanto, seu irmão Isidoro, que era sapateiro, quis também viajar.

Passou pela mesma floresta, encontrou-se com a mesma senhorinha, que lhe deu trabalho e conservou-o em casa durante muitos meses.

Depois disse:

— Durante todo esse tempo, trabalhaste bem e te portaste excelentemente.

Vou, porém, despedir-te, pois os teus serviços não me são mais preciosos. Não tenho dinheiro para te pagar, mas te farei um presente que vale mais que muitos sacos de dinheiro. Dou-te este burro... Todas as vezes que lhe disseres: "Meu burrinho, sacode-te..." verás cair as moedas que te forem necessárias.

Isidoro bem depressa certificou-se de que era exato o que a senhora dizia.

Pronunciou as palavras ensinadas e viu o burrinho... deitar moedas de ouro, belas e novas.

— Que alegria! — exclamou ele, eis-me mais rico, possuindo este animal do que o fidalgo lá da aldeia com todos os seus castelos e terras!

Infelizmente, ao regressar para o seu país, teve de pernoitar na mesma hospedaria em que seu irmão havia passado a noite.

Aí fez-se servir de uma boa ceia, e quando o hospedeiro lhe apresentou a nota da despesa, disse-lhe:
— Faça o favor de esperar, que vou buscar o dinheiro.

Apanhou um guardanapo, dirigiu-se à estrebaria, estendeu-o no chão e falou ao burro:
— "Meu burrinho, sacode-te!..."

O pérfido estalajadeiro espiava-o por uma fresta e no dia seguinte, quando o sapateirinho partiu, levava em verdade um animal, mas não era o que lhe havia dado a senhorinha da floresta.

Aquele, foi trocado pelo estalajadeiro; e Isidoro, que não tinha a ideia do embuste, chegou alegremente à casa de seus pais.

Aí, disse-lhes:
— Agora, vocês não têm mais necessidades de trabalhar. Estamos fabulosamente ricos!

E dirigindo-se ao animal:
— "Meu burrinho, sacode-te!..."

Mas foi em vão que repetiu a ordem uma porção de vezes. O animal não deitou uma moeda.

Então o pai exclamou:
— Ah! Meu filho, se só possuis este animalzinho, não tens remédio senão trabalhar muito para ganhar a vida.

Isidoro seguiu obedientemente aquele conselho.

No ano seguinte, Felix, que havia aprendido o ofício de carpinteiro, quis também viajar.

Seguiu pelo mesmo caminho que os seus dois irmãos haviam trilhado, entrou na mesma floresta e encontrou a mesma senhora que o contratou.

O jovem operário trabalhou aí durante muitos meses.

Depois, a senhora disse-lhe um dia:
— És trabalhador, honesto e diligente. Entretanto, temos que nos separar, porque não tenho mais necessidade de teus serviços. Queria também dar-te um bom presente, mas de que te servirá ele? És capaz de fazer o mesmo que os teus irmãos — não sabendo guardar o que lhes dei! Toma, pois, este saco. Dentro dele está um cacete. Sempre que lhes disseres "Cacete à obra!..." Ele te defenderá até que lhe digas: "Entra no saco!"

Uma tarde, chegou à mesma hospedagem onde os seus irmãos foram indignamente traídos e roubados.

Depois da ceia, disse ao dono da hospedaria:

— Confio-vos este saco e peço que o guarde em lugar seguro até amanhã. Recomendo-vos, porém, que não ponha a mão nele, pois que se lhe disserdes: "Cacete à obra!". O verá executar coisas extraordinárias.

O ladrão do estalajadeiro, que roubara a mesa do moleiro e o burro do sapateiro, pensou que se tratava ainda de algum tesouro maravilhoso e quis apoderar-se dele.

Achando-se sozinho, exclamou:

— "Cacete à obra!"

O pau, forte e rijo, saiu logo do saco e começou a lhe bater às costas, à cabeça, aos ombros, às pernas, todo o corpo, em suma.

O estalajadeiro quis fugir, mas o pau acompanhava-o sempre, sem que pudesse evitá-lo.

— Socorro!... Socorro!... — gritava o homem — ensanguentado e ferido, não podendo mais suportar aquele suplício.

— Foi bem feito e tu mereces essa sova. Roubou a mesa de um dos meus irmãos e o burro do outro. Agora queres roubar a minha arma.

— Piedade!... Piedade!... — berrava o estalajadeiro, apanhando sempre. — Te restituirei tudo quanto roubei a teus irmãos, mas livra-me desta tortura!...

Felix fez com que o pau entrasse novamente no saco, retomou a mesa e o animal e voltou para casa.

Aí o receberam com imensa alegria e viveram felizes e ricos, sempre muito estimados, devido aos três presentes da senhorinha da floresta, que era uma boa fada.

O RATINHO RECONHECIDO

Por montes e vales desertos, em longa jornada, seguindo sempre a pé, caminhava um pobre mascate.

Tinha a bolsa vazia, achava-se longe de qualquer habitação e só possuía um pedaço de pão poupado ao seu jantar da véspera.

Perto de uma fonte, sentou-se e começou a sua refeição, sem saber se poderia fazer outra naquele dia.

Enquanto ali estava, viu aproximar-se um ratinho, que ergueu a cabecinha, com ar suplicante, como para lhe pedir esmola.

— Pobre animalzinho! És ainda mais desgraçado do que eu! Eis tudo que me resta, mas não comerei sem ti... exclamou.

Partiu um pedaço de pão, que atirou ao camundongo.

Acabando de almoçar, foi beber à fonte e, quando regressou, viu que o ratinho carregava, uma por uma, pequenas moedas de ouro. Já havia trazido três e ia buscar a quarta.

O mascate acompanhou-o, alargou o buraco por onde o animalzinho entrava e encontrou um tesouro.

ALADIM E A LÂMPADA MARAVILHOSA

Antiga capital da Turquia, entre seus negociantes, contava outrora um alfaiate chamado Moàmede, casado e com um filho de nome Aladim. O homem, honesto e virtuoso, bem como a sua esposa, era infeliz, porque Aladim, longe de seguir a trilha de sua existência honrada, desde a mais tenra infância, se tornara incorrigível, malandro e vagabundo. Não havia pancadas, castigos, conselhos ou admoestações que o endireitassem. Fazia o desespero de seus velhos pais.

Quando Moàmede faleceu, então não houve mais quem o contivesse. A mãe era obrigada a trabalhar dia e noite para sustentá-lo, enquanto ele frequentava más companhias, jogando e bebendo.

Uma tarde, achava-se no botequim público, quando viu chegar um homem, que, após o cumprimentar, lhe perguntou se não era filho do falecido alfaiate Moàmede.

Respondendo afirmativamente, o estrangeiro abraçou-o com amizade, dizendo ser irmão de Moàmede e que havia deixado a cidade trinta anos antes. Contou uma história tão bem inventada, que o rapaz não duvidou em reconhecê-lo como tio. O desconhecido prometeu ir à noite à casa da viúva, entregando ao sobrinho algum dinheiro, com recomendação de lhe prepararem a ceia.

Aladim, chegando à casa, contou o encontro. A mulher pôs em dúvida o parentesco, embora soubesse vagamente que, de fato, o marido tinha um irmão desaparecido há longos anos sem que ninguém lhe conhecesse o paradeiro.

À noite, o irmão de Moàmede foi à residência da cunhada. Conversou de tal modo, fez tantas ofertas e, à despedida, deixou tanto dinheiro que a boa mulher se convenceu.

No dia seguinte, o homem voltou e convidou Aladim para passear. Dirigiram-se ambos às lojas mais importantes da cidade, onde o tio comprou para o sobrinho roupas de alto preço, iguais em quantidade e riqueza às que usavam pessoas de fortuna e alta posição.

O mocinho, regressando, narrou o que o tio havia feito e que prometera estabelecê-lo, como o mais importante e conceituado negociante. Em vista disto, a viúva confiou cegamente no cunhado.

Aladim abandonou as más companhias, começou a frequentar os lojistas endinheirados e a boa sociedade, sempre com seu parente, a quem consagrava amizade e consideração.

Uma tarde, saíram a passeio e dirigiram-se longe, muito longe, fora da cidade. Aladim já estava morto de fadiga, mas o tio insistia para que continuasse a andar, entretendo-o com interessantes narrativas e prometendo-lhe mostrar lugares esplêndidos e coisas maravilhosas, como jamais havia visto. Chegaram finalmente a uma planície extensíssima, ao cabo de muitas horas de jornada.

Aí o estrangeiro apanhou lenha e fez uma fogueira. Depois lançou nas chamas uns pós-amarelos, que trazia numa preciosa caixinha de ouro, pronunciando palavras cabalísticas, em língua misteriosa, que o moço não entendeu. Imediatamente elevou-se uma grande fumaça, ao mesmo tempo que a terra se abria, deixando aparecer a entrada de um subterrâneo, tapada por uma pedra, com uma argola de ferro.

O tio mandou que a levantasse, pronunciando, rapidamente, com respeito, o nome de Moàmede, seu pai, e o de Ben-Ali, seu avô. O rapaz obedeceu. Erguida a lápide, viu-se uma porta.

O desconhecido ordenou-lhe que descesse por aí. E caminhasse sempre em frente, por uma extensa galeria abandonada, no fim da qual encontraria um grande palácio deslumbrante; que subisse as escadas de mármore, atravessasse as vinte salas que havia, até encontrar um nicho e, nesse nicho, uma lâmpada acesa.

— Vai direito — disse-lhe o mágico. Podes examinar tudo, ver tudo, menos encostar-te ou roçar as roupas na galeria, sob pena de morreres imediatamente. Há de atravessar um jardim cheio de árvores, cujos frutos poderá colher. Quando chegares ao nicho, apaga a lâmpada, despeja o azeite e carrega-a. Mas não te esqueças de que, se encostares o corpo na galeria, "cairás fulminando"!

Aladim desceu a custo pela entrada do subterrâneo, indo para uma espécie de gruta. Depois, enveredou pela galeria perigosa e chegou ao jardim. Nunca imaginara na sua vida coisa mais deslumbrante, nem mais rica. As árvores estavam carregadas de frutas lindíssimas, de todas as cores, como se fossem de vidro.

Em frente, erguia-se um palácio, verdadeiro prodígio de arquitetura, maravilhosamente belo. Parou deslumbrado. Quis colher as frutas, mas vendo que não eram de comer, contentou-se em trazer, como curiosidade, uma de cada cor e qualidade. Atravessando as vinte salas, o seu pasmo não teve limites: cada qual era mais rica e famosa.

Quando passou a última, encontrou o nicho e, em frente a ele, a lâmpada acesa. Apagou-a, derramou o azeite e trouxe-a consigo, metendo-a no bolso das calças. Em seguida, desandou o mesmo caminho percorrido.

É preciso saber que o estrangeiro não era irmão de Moàmede e sim, um mágico africano, que se dedicava às ciências ocultas, tornando-se de habilidade e poder extraordinários. Achava-se no Egito, quando, por meio de sortilégios, soube que existia no centro da Turquia uma lâmpada maravilhosa que tornaria o seu possuidor o homem mais rico e poderoso da Terra.

Para obter essa lâmpada, era preciso que fosse o filho de Moàmede o encarregado de buscá-la, porque seu avô merecera a proteção dos gênios da lâmpada.

O mágico africano partiu para a Turquia, intitulou-se tio de Aladim e levou-o ao lugar onde a terra devia abrir-se. Antes de Aladim entrar, enfiou-lhe no dedo um anel que devia preservá-lo do perigo a que ia achar-se exposto.

Aladim, apoderando-se da lâmpada, voltou à gruta. Não podendo subir, pediu ao tio que o auxiliasse, visto a abertura ser muito apertada.

— Dá-me primeiro a lâmpada, que eu te ajudarei a subir.

O moço, vendo aquele interesse, desconfiou de alguma cilada e respondeu resolutamente que não a entregaria, senão quando estivesse do lado de fora.

O mágico africano insistiu e, vendo que o rapaz se obstinava em não lhe entregar, desesperou-se; e, dando um grito, pronunciou outra vez palavras cabalísticas. A terra fechou-se, sepultando o moço.

Aladim, vendo-se perdido, chorou, arrependido da sua imprudência. Não podia sair, receando voltar ao palácio, devido à galeria que com certeza o fulminaria. Estava destinado a morrer vivo.

Ao cabo do segundo dia, superexcitado pela febre e pela fome, começou a passear nervosamente, de um para outro lado da gruta, esfregando as mãos. Numa dessas ocasiões, sem querer, roçou com força o anel que o tio lhe havia dado e, do qual, já se não recordava mais.

Surgiu à sua frente um gênio, de figura enorme, e aspecto espantoso, que lhe disse:

— Que me queres? Eis-me pronto, como teu escravo e escravo do anel, a obedecer-te em tudo e para tudo.

Aladim ficou um pouco espantado, mas recobrando ânimo, falou:

— Já que é assim, ordeno-te que me transporte imediatamente para casa.

Rápido como um raio, viu-se, sem saber de que modo, à porta de sua miserável residência.

Contou à mãe tudo quanto lhe havia acontecido e continuou a viver pobremente.

Achavam-se, porém, na miséria, por já se haver esgotado o dinheiro que lhe dera o mágico africano.

Então, a viúva lembrou-se de vender a lâmpada, cujo produto podia chegar para passarem três ou quatro dias. Mas, como estava muito suja, foi para o quintal areá-la, indo Aladim assistir à limpeza.

A pobre senhora começou a esfregá-la com força; subitamente apareceu um gênio, mais ou menos igual ao da gruta. A senhora desmaiou, enquanto o gênio falava:

— Que me queres? Eis-me pronto, como teu escravo e escravo do anel, a obedecer-te em tudo e para tudo.

Aladim, que já tinha assistido a idêntica aparição, não se perturbou e ordenou-lhe que trouxesse jantar. Minutos depois, via a sua mesa servida de tudo quanto havia de mais saboroso e delicado.

Passado algum tempo, Aladim, achando-se a passear, teve o desejo de ver a filha do sultão.

Ficou perdidamente apaixonado, e induziu sua mãe a ir pedi-la em casamento.

Quando o sultão viu aquela mísera senhorinha prostrar lhe aos pés e fazer tal súplica, longe de se encolerizar, como era de esperar, achou graça e pôs-se a rir. Indagou quem era Aladim, quem fora Moàmede, e sabendo a sua condição mais que humilde, começou a pilheriar e quis divertir-se, achando-se de bom humor. Então disse-lhe:

— Estou pronto a conceder a mão da minha filha, mas é justo que não a deixe casar sem saber quais são as posses de meu futuro genro. Se ele puder enviar-me de presente quarenta vasos de ouro maciço, cheios de brilhantes, cada um do tamanho de um ovo de pombo, devendo esses vasos serem trazidos por igual número de escravos brancos e outros tantos pretos, todos eles bem vestidos e esbeltos, conceder-lhe-ei a princesa em casamento.

A viúva de Moàmede partiu para casa, desesperada, lembrando-se do grande desgosto que ia causar ao seu filho, dando-lhe aquela resposta.

Aladim, porém, longe de se contrariar, exultou com a notícia. Esfregou o anel e apareceu o gênio a quem ordenou que lhe trouxesse o presente encomendado pelo sultão, mais um traje de rainha para sua mãe e um séquito de vinte escravos para acompanhá-la.

Deslumbrante cortejo, como jamais soberano algum teve igual. O povo afluiu em massa e acompanhava-o, como em procissão.

O sultão, em vista daquele esplendor a que não estava acostumado, apesar do seu fausto, não teve remédio senão aceitar Aladim como genro e pediu à senhora que fosse buscá-lo.

Recebendo o recado, o moço invocou novamente o escravo do anel e pediu-lhe as mais lindas roupas do mundo, um cavalo de raça, de formosura extraordinária e mais uma guarda de cem cavaleiros, também ricamente montados.

Caminhou para o palácio, sendo recebido afetuosamente pelo alto monarca.

Após combinarem o casamento, Aladim pediu-lhe uma praça que havia em frente ao palácio real, para mandar construir sua casa.

Foi-lhe concedido. No dia imediato, apareceu um majestoso castelo, tão rico, tão luxuoso, que uma só de suas salas valia mais que todos os paços do sultão.

Efetuou-se o casamento com pompa e brilhantismo jamais visto em todos os tempos.

O mágico africano, deixando Aladim sem querer entregar a lâmpada, viu frustrados todos os seus planos e perdidos os estudos a que se dedicara durante tantos anos.

Voltou para o Egito e continuou outros estudos de magia, esperando colher melhores resultados.

Não contava que Aladim conseguisse sair do subterrâneo, porque não lhe havia ensinado os segredos dos dois objetos.

Um dia lembrou-se de consultar o destino e ficou pasmo sabendo que o filho do alfaiate era genro do sultão, tendo usado várias vezes do poder maravilhoso que lhe davam o anel e a lâmpada. Resolveu tomar uma medida.

Saiu de Mênfis; e, após longa jornada, chegou à capital da Turquia, bem disfarçado, de modo a não ser reconhecido.

O seu primeiro cuidado foi indagar carinhosamente os hábitos e costumes de Aladim. Sabendo que nesse mesmo dia tinha partido para uma grande caçada, havendo deixado a princesa, imaginou um plano de vingança.

Chegou a uma loja, comprou vinte lâmpadas novas e, vestindo-se de pequeno mercador ambulante, saiu pelas ruas, apregoando:

— Quem quer trocar lâmpadas velhas por novas?

O povo, ouvindo aquela proposta absurda, começou a rir e a zombar, enquanto a criançada o acompanhava, em grande berreiro, até à praça do palácio. A princesa, escutando o barulho, indagou o motivo. Disseram-lhe, e ela, como todo mundo, achou extravagante o pregão.

Comentava o caso, em companhia de suas aias, quando uma delas lembrou: — Se V.A. quisesse, podia fazer uma experiência, para ver se o mercador está ou não zombando. Na sala azul do palácio, próximo aos aposentos do príncipe Aladim, existe uma velha lâmpada, naturalmente esquecida ao acaso, V.S. consentindo, irei trocá-la.

A sultana deu ordem e a camareira saiu, voltando pouco tempo depois, satisfeita por efetuar a troca, muitíssimo vantajosa.

O mágico reconheceu a lâmpada maravilhosa e, logo que a teve em seu poder, tratou de ir para fora da cidade.

Quando se viu sozinho, esfregou o extraordinário talismã. Aparecendo-lhe o gênio, ordenou que o transportasse para a África, bem como o palácio de Aladim, tal qual se achava.

Efetuou-se a mudança, e ele, apresentando-se à princesa, confessou-lhe amor veemente, jurando que a mataria se não correspondesse.

A sultana ficou desesperada, vendo-se longe da Turquia, longe de seu pai e do esposo. Compreendeu que estava perdida.

Entretanto, Aladim, regressando da caça em companhia de seu sogro, ficou amargurado.

O sultão da Turquia lastimava tanto a perda da sua única filha, que protestou mandar decapitar o genro, se em um mês não a encontrasse.

Lembrando-se, porém, do condão que possuía, esfregou o anel; e, tendo aparecido outro gênio, ordenou-lhe que trouxesse imediatamente o palácio. O gênio objetou-lhe que nada podia fazer, porque os escravos da lâmpada eram mais poderosos. A única coisa que podia fazer era transportá-lo ao Egito.

Aladim aceitou e conseguiu, transformando-se em seu escravo favorito, para ver sua esposa. Ensinou-lhe como deveria apoderar-se da lâmpada, envenenando o seu algoz.

A princesa, durante a ceia, mostrando-se amável com o mágico, lançou-lhe na taça uns pós que o fulminaram.

De posse da lâmpada, o jovem Aladim mudou o palácio para o seu primitivo lugar, e viveu muito tempo em absoluta calma e felicidade.

Ora, o mágico africano tinha um irmão também exímio nas ciências ocultas, que jurou vingá-lo.

Tomando a forma de uma santa, que existia na capital do império turco, respeitadíssima e venerada por todos, entrou no palácio chamando pela princesa, num dia em que Aladim não estava.

O moço nunca mais abandonara a lâmpada a fim de não ser roubada, e trazia-a constantemente consigo.

Em vista disso, o irmão do mágico não podia apoderar-se dela.

Fingindo-se, porém, de Fátima — a santa mulher — conversou com a princesa e, elogiando o soberano palácio, declarou-lhe que, para estar completo, devia possuir, como pendente de teto do salão principal, um enorme ovo do maravilhoso pássaro chamado Roca, que existia no centro da Índia. Despediu-se e saiu.

Aladim, regressando, encontrou sua esposa triste; e, inquirindo o motivo, disse-lhe que queria ter na sala um ovo do pássaro denominado Roca.

Ele não sabia o que era, mas prometeu. E chamando o gênio, escravo da lâmpada, ordenou-lhe que fizesse o pedido da princesa.

Mal havia formulado o seu desejo, o gênio soltou espantoso berro, que estremeceu toda a casa e bradou-lhe:

— Oh! Miserável ingrato, que assim paga os muitos benefícios recebidos de mim e de meus companheiros!... Como te atreves a pedir ao meu senhor — o pássaro Roca?!...

O príncipe, receoso, desculpou-se humildemente. O gênio, vendo o seu arrependimento, contou-lhe quem era a falsa Fátima e matou o irmão do mágico africano.

Desde esse dia, Aladim, sem cuidados de espécie alguma, viveu feliz com sua esposa, vindo a reinar pela morte do sultão, seu sogro.

A PERSEVERANÇA

Dum velho provérbio: Aquele que procura, encontra; e a quem bate, a porta será aberta... — Quero ver — disse um corajoso moço, de grande força de vontade — se tal máxima é verdadeira. Com essa resolução, partiu para Bagdá, na Arábia, e foi procurar o grão-vizir.

— Senhor — disse ele — vivi muitos anos uma existência tranquila e serena, mas aborreci-me dessa monotonia. O meu patrão repetia todos os dias que "aquele que procura, encontra e quem bate, a porta será aberta." Tomei, por isso, uma resolução decidida. Quero casar-me com a filha do sultão.

No dia seguinte, viu-o voltar, e no outro, e todos os outros ainda, sempre com a mesma firmeza de vontade.

Uma manhã, em hora de audiência, o próprio sultão ouviu o audacioso moço exprimir sua resolução. Surpreendido por tão estranha ideia e desejando divertir-se, disse:

Um homem que se distinguisse pela sua família, coragem, sabedoria, por qualquer façanha, desejando desposar minha filha, seria natural. Mas você? Quais são os títulos que o recomendam, que tem feito de notável? Para ser meu genro, é preciso, pois, que se faça conhecido, tomando parte em qualquer empresa arriscada. Olhe: há tempos passados, perdi no rio um diamante de extraordinário valor.

Aquele que o achar terá a mão de minha filha. — O moço, contente com essa promessa, foi estabelecer-se às margens do rio.

Todas as manhãs, em um pequeno vaso, tirava a água e derramava sobre a areia.

Os peixes, inquietos com a sua perseverança e receosos de que chegasse a esgotar o rio, reuniram-se em conselho:
— Que pretendes esse homem?...
— Achar um diamante que o sultão perdeu aqui.
— Então — aconselhou o velho soberano dos peixes —, acho que devemos restituí-lo, porque vejo a sua força de vontade. É capaz de esgotar a última gota do nosso rio, do que renunciar ao seu projeto.
Os peixes aceitaram o conselho e depuseram o diamante no vaso. O moço levou-o ao sultão, que cumpriu a sua promessa, dando-lhe a filha em casamento.

A GUARNIÇÃO DA FORTALEZA

Durante a guerra dos Trinta Anos, o comandante espanhol Gonzales de Córdoba, achando-se no Palatinato, lembrou-se de se apoderar da aldeia de Ogersheim, defendida por uma pequena fortaleza. À sua aproximação, todos os habitantes fugiram para Mannheim. Ficaram apenas um pobre camponês, chamado Fritz, com uma mulher doente e um filho que acabava de nascer.

Imaginem a angústia do pobre homem quando viu chegar os inimigos, não podendo, como os seus concidadãos, subtrair-se à sua crueldade.

Sendo, porém, esperto e corajoso, lembrou-se de uma estratégia, com a qual esperava conjurar o perigo que o ameaçava.

Após abraçar a mulher e o filhinho, saiu para colocar em execução o projeto.

Pôs na cabeça um enorme capacete armado de grande pluma escarlate, calçou um par de botas, ao qual se achavam presas longas esporas de prata, e afivelou à cintura um imenso espadão.

Assim armado, encaminhou-se para as trincheiras, junto das quais estava o parlamentar, gritando para que a aldeia se rendesse.

— Amigo — falou o pastor —, peço-lhe que diga ao seu general que não tenho intenções de resistir, mas que não me posso render senão sob as seguintes condições:

1º) a guarnição sairá da fortaleza com as honras de guerra;
2º) a vida e a propriedade dos seus habitantes serão respeitadas;
3º) conservação e livre exercício de suas religiões.

O parlamento replicou que os espanhóis não podiam submeter-se a tais condições, mesmo porque a população de Ogersheim não estava em estado de se defender, e aconselhou-o à rendição imediata.

— Meu amigo — replicou o pastor —, não seja tão apressado. Repito: faça o favor de declarar ao seu general o que lhe disse, pois somente o desejo de evitar o derramamento de sangue é que me faz abrir as portas da cidadela. Se ele, porém, não aceitar as condições que formulei, garanto-lhe que só entrará aqui à força de espada. Dou-lhe a minha palavra de homem honrado e de cristão, a guarnição acaba de receber um reforço que vós outros não podeis imaginar, e com o qual absolutamente não contais.

Assim falando, Fritz acendeu o seu cachimbo, tranquilamente, como um homem que não tem motivo algum para se inquietar.

O parlamentar, desconcertado por aquele ar de audácia e descuido, voltou para a barraca do general e contou-lhe o que acabava de ouvir do comandante de Ogersheim.

Depois dessa narração, Gonzales pensou também que podia encontrar ali alguma resistência.

Como não desejava perder tempo em maus negócios, resolveu aceitar as condições propostas e dirigiu-se com o seu exército para as portas da fortificação.

Sabendo pelo parlamentar da resolução do general, o pastor respondeu-lhe fleumaticamente:

— O comandante é um homem sensato.

Em seguida, baixou a ponte levadiça e convidou os espanhóis a entrarem.

Surpreendido por ver diante de si somente o camponês, vestido com o uniforme militar, que lhe dava um ar grotesco e ridículo, Gonzales, receoso, perguntou onde estava a guarnição.

— Se o senhor quiser acompanhar-me, eu lhe mostrarei.

— Caminhe ao meu lado — disse o general espanhol — e previno-o que, ao menor indício de perfídia, lhe arrebentarei os miolos.

— Perfeitamente — respondeu-lhe o pastor — siga-me com confiança. Juro-lhe por tudo quanto tenho de mais caro no mundo que a guarnição não pode fazer mal algum.

Conduziu, então, o general por muitas ruas desertas e silenciosas, até chegarem à sua casa, pobre e humilde.

Aí, mostrando-lhe a mulher, falou:

— Esta é a mais bela parte da minha guarnição.

E apontando para o recém-nascido:

— Este foi o último reforço que nos veio.

Gonzales, vendo por que singular artifício o camponês se havia salvo, riu-se gostosamente. Depois, tirando do pescoço uma grossa cadeia de ouro, colocou-a sobre o peito da jovem mãe, e puxando por uma bolsa repleta de moedas, disse a Fritz:

— Permita-me que ofereça a corrente à sua esposa, e ao senhor esta bolsa, que destino ao pequerrucho, como prova da minha estima.

Abraçou em seguida a senhora, beijou a criancinha e saiu, acompanhado por Fritz, que o reconduziu através da aldeia, cheio de profundo reconhecimento e grandemente emocionado.

A GRATIDÃO DA SERPENTE

Quando Carlos Magno esteve em Zurique, na Suíça, mandou anunciar que na hora do almoço, ouviria todos que tivessem uma queixa a formular ou um ato de justiça a pedir. Para isso bastaria que fizesse tanger o sino dependurado à porta do palácio e o queixoso seria admitido a sua presença.

Um dia em que o grande imperador se achava à mesa com os seus valentes companheiros de armas, o sino vibrou de um modo estranho e insistente.

O criado voltou poucos minutos depois, dizendo que a ninguém encontrara.

Entretanto, o sino fez-se ouvir uma segunda e depois, terceira vez, mais forte e prolongado do que nas duas anteriores. Mas não se via pessoa alguma.

Olhando, porém, para cima, o criado distinguiu casualmente uma grande serpente, que se achava suspensa na corda do sino, fazendo-o soar.

Sabendo quem era o estranho suplicante que lhe vinha pedir justiça, o imperador levantou-se, dirigindo-se para a porta, dizendo que tanto devia ouvir as queixas dos brutos, como as dos homens.

Em presença do magnânimo monarca, o asqueroso réptil inclinou-se, reverente e respeitoso.

Depois olhou-o com ar suplicante e começou a colear pela terra, voltando-se de vez em quando, a fim de ver se o acompanhavam.

O imperador compreendeu e acompanhou-o passo a passo.

Chegando próximo a um buraco cavado nas pedras, a cobra parou e, Carlos Magno descobriu a gruta onde o peçonhento bicho morava com seus filhos.

Nessa gruta havia um animal enorme e terrível, que dela se apossara violentamente.

O imperador o matou, e a serpente entrou no seu ninho, alegre e prazenteira.

No dia seguinte, também à hora da refeição, viram reaparecer o mesmo réptil.

Dessa vez, não vinha implorar proteção ao monarca, mas sim, testemunhar gratidão ao benfeitor.

A cobra arrastou-se até à sala de jantar, subiu em cima da mesa, levantou-se e depôs no copo de Carlos Magno um grande brilhante de extraordinária beleza e imenso valor.

A GATA BORRALHEIRA

Um homem, chamado Lucas, tendo enviuvado, julgou que devia casar-se outra vez. Do seu segundo casamento, tivera duas filhas, que não eram nem bonitas, nem espirituosas, mas cheias de orgulho e inveja.

Do primeiro, possuía uma, que era graciosa, a mais encantadora criatura deste mundo. As irmãs, invejosas dela, tratavam-na cruelmente, do mesmo modo que a madrasta, não ousando seu pai defendê-la.

Ela fazia em casa os serviços de criada, levantando-se cedo, deitando-se tarde e, durante todo o dia, continuando nas mais rudes obrigações, enquanto as outras se enfeitavam e iam passear.

Quando acabava o serviço, sentava-se em silêncio sobre as cinzas do fogão. As irmãs, por zombaria, chamavam-na Gata Borralheira.

Um dia, o pai indo à cidade, perguntou às filhas o que queriam que lhes trouxesse. Uma pediu ricos vestidos, outra, pérolas e diamantes. Quando chegou a sua vez, Gata Borralheira pediu uma roseira.

À volta do pai, foi plantar a roseira no túmulo de sua mãe.

Diariamente a regava com lágrimas.

A roseira cresceu rapidamente, tornou-se um arbusto frondoso. Um pássaro branco vinha pousar em um dos galhos e contemplava-a com piedade.

Sucedeu que o rei deu uma grande festa, para a qual fez convidar as moças do país, a fim de que seu filho escolhesse uma noiva.

Desde que tiveram notícia da festa, as irmãs da Gata Borralheira começaram a se preparar e a cuidar dos vestidos.

A pobre menina foi quem as auxiliou nos preparativos; e, com as suas mãos delicadas, lhes penteou os cabelos.

Tinha também grande vontade de ir ao baile, mas ninguém se lembrou de levá-la. Quando se aventurou a falar nisso, maltrataram-na impiedosamente, perguntando-lhe como se apresentaria no palácio real, só possuindo um vestido velho e não tendo sapatos.

A madrasta, então, apanhou uma terrina cheia de lentilhas e atirando-as nas cinzas, disse-lhe:

— Se conseguires catar todas essas lentilhas dentro de duas horas, te levaremos ao baile.

Gata Borralheira, dirigiu-se ao jardim, pediu o auxílio do seu amigo — o pássaro branco da roseira, que se reunindo a todos os outros pássaros da vizinhança, se pôs imediatamente à obra, conseguindo catá-las em curto espaço de tempo.

Mas a malvada madrasta não quis cumprir a promessa, ficando furiosa por ver que ela as colhera.

Novamente lançou duas terrinas de milho e ordenou-lhe que o apanhasse dentro de duas horas.

Outra vez vieram os passarinhos e, antes daquele tempo, o serviço estava feito.

Ainda a megera não quis ceder:

— Como queres que te leve à festa, se não tens roupa e possuis uma aparência tão desgraciosa?

Em seguida, tomou o carro e partiu com as filhas, que iam cobertas de sedas, rendas e joias.

Gata Borralheira foi sentar-se no seu lugar predileto, muito triste, quando ouviu o seu fiel passarinho cantar:

"Ai minha menina, dize.
Que desejas para teu bem?"
A mocinha respondeu:
"Se não fosse querer muito,
Queria ir ao baile também."

Dos galhos da roseira viu cair um rico vestido, meias finas e sapatinhos de ouro.

Vestiu-se alegremente e foi para a festa em uma esplêndida carruagem que a esperava à porta.

Estava tão linda, que maravilhou todo mundo. A madrasta e as irmãs não a reconheceram. O príncipe só dançou com ela; e, quando ela se retirou, quis segui-la. A menina, porém, fugiu rapidamente. Chegando à casa, foi depor nos galhos da roseira as roupas, que desapareceram. Depois voltou ao seu lugar de costume nas cinzas do fogão.

Alguns dias depois houve novo baile no régio paço.

Compareceu, cada vez mais formosa, a pobre Gata Borralheira, e o príncipe só dela se ocupou.

Realizou-se terceiro baile. Mas, desta vez, quando ela se despediu, perdeu um dos sapatinhos. O príncipe apanhou-o; fez anunciar por toda a cidade que se casaria com a moça que pudesse calçar aquele sapatinho; e mandou um mensageiro, de casa em casa, experimentá-lo nos pés das moças.

Sua Alteza, em pessoa, procurou durante muito tempo, sem poder encontrar o que desejava. Todas as moças às quais se apresentava, inutilmente se esforçavam para calçar o sapatinho de ouro.

As duas irmãs da Gata Borralheira fizeram também os mesmos esforços.

O príncipe disse-lhes:

— As senhoras não têm uma irmã?

— Sim — respondeu a mais velha — ela, porém, está tão mal vestida, que não ousamos apresentá-la.

— Não faz mal, chamem-na assim mesmo.

Era preciso obedecer. Chamaram Gata Borralheira, que apareceu, vestida como foi ao baile, mas com um pé descalço.

O príncipe reconheceu-a e levou-a para o palácio, onde se casaram.

As festas foram celebradas com toda a pompa e Gata Borralheira foi para a igreja com uma coroa de ouro na cabeça.

As irmãs acompanharam-na, com pensamentos monstruosos de inveja e ódio.

Mas quando saltaram da carruagem, o pássaro branco apareceu e, com o bico, furou-lhes os olhos, castigando-as, assim, pela maldade.

A BRIGA DIFÍCIL

Um bom santo monge, tendo por nome Antônio, vivia numa cela, em companhia de outro religioso, de gênio menos pacífico, chamado Frederico.

Certa manhã Frederico disse:

— Na verdade, passamos aqui tristíssima existência!

— Como triste? — respondeu o bom Antônio. Não devemos dar graças aos Céus pela calma e tranquilidade que gozamos? As nossas orações, pela manhã, ao meio-dia e à noite; nosso pequenino campo para cultivar, livros instrutivos nos quais estudamos; algumas pobres pessoas que nos trazem as suas ofertas, e que voltam consoladas; o pensamento de que também prestamos alguns benefícios e que fazemos o bem; e a esperança de cuidarmos assim da nossa salvação; que podemos desejar de melhor?

— Sim, tudo isso é bom e bonito — retorquiu Frederico — "mas", sempre a mesma coisa — a mesma regra monótona, e o dia tão longo! Para nos distrairmos um pouco, deveríamos disputar um com outro, algumas vezes.

— Disputar, Santo Deus! E por quê? Que razões de briga poderiam existir entre nós?

— Inventa-se um pretexto qualquer, que nada tenha de sério, e que quebre por instantes a monotonia e a uniformidade dos nossos hábitos. Por exemplo: eu apanho este livro e digo: este livro é meu; você responde que ele não é meu. Insisto na opinião; você insiste na sua, e isso diverte-nos.

— Pois seja, disse Antônio — se isso lhe agrada, consinto.

— Olhe para este livro — exclamou, então Frederico. — Este livro é meu.

— Não, ele não é seu.

— Ele é meu, estou certo!

— Pois se você está certo, replicou serenamente o pacífico Antônio — não devo contestar. Pode levá-lo.

JOÃO BOBO

João era filho de uma viúva, que residia num pequeno sítio; bom rapaz, mas muito tolo. A gente da aldeia chamava-o de João Bobo. Um dia, sua mãe mandou-o à feira comprar uma foice. Ao voltar, começou a brincar com o instrumento, a fazê-lo rodar no ar, mas, com tanta falta de jeito, que a foice lhe escapuliu das mãos, indo matar um cordeiro.

— Que tolo rapaz és tu — disse-lhe a mãe. — Para evitar qualquer acidente dessa natureza, devias ter colocado a foice em um dos carros de palha ou de feno trazidos pelos nossos vizinhos da aldeia.

Na semana seguinte, mandou-o comprar agulhas, recomendando-lhe muito que não as perdesse.

— Fique sossegada, minha mãe! — exclamou ele com toda confiança.

Foi, e voltou triunfante.

Então, Joãozinho, onde estão as agulhas?

— Ah! Estão em segurança! Saindo da loja onde as comprei, vi o carro do nosso vizinho Manuel, carregado de feno. Pus aí as agulhas. Estão em segurança.

— Sim — disse a mãe — tão em segurança que não há meio algum de achá-las. Devias tê-las espetado no teu chapéu.

— Perdoe-me, mamãe, para outra vez andarei com mais juízo.

Outra vez, em um calmo dia de verão, João foi comprar uma pequena provisão de manteiga. Recordando-se do último conselho de sua mãe, pôs a manteiga dentro do chapéu e o chapéu na cabeça.

Imagine-se em que lamentável estado entrou em casa, com a manteiga derretida a escorrer-lhe pela cara abaixo.

Desanimada, a mãe não ousava mais lhe confiar a menor comissão.

Entretanto, determinou-se a enviá-lo ainda ao mercado, para vender um casal de galinhas.

— Escuta — recomendou ela. Não aceites o primeiro preço que te oferecerem: espera pelo segundo.

Ao chegar ao mercado, um comprador aproximou-se dele:

— Queres vinte mil réis por este casal de galinhas?

— Não; mamãe disse que eu não aceitasse o primeiro preço que oferecessem, e que esperasse pelo segundo.

— Tua mãe tem muita razão. Pois bem, o meu segundo preço, dez mil réis.

— Seja — respondeu ele. — Achava melhor aceitar o primeiro. Mas como segui o seu conselho, penso que mamãe não poderá censurar-me por este motivo.

Depois dessa nova bobagem, João foi condenado a ficar em casa. Sua mãe sabia que zombavam dele e dela.

Um dia, porém, quis tentar nova experiência.

— Vai à feira vender este carneiro. Mas não te deixes enganar, e não entregues senão pelo mais alto preço.

— Bem — respondeu João —, desta vez sei como hei de fazer!

— Quanto custa o carneiro? — perguntou-lhe um lavrador.

— Minha mãe disse-me que não o desse senão pelo mais alto preço.

— Queres vinte mil réis por ele?

— É o mais alto preço?

— Mais ou menos.

É meu o carneiro — disse um rapaz, que ouvira a conversa, subindo ao alto de uma escada.

— Por quanto?

— Cinco mil réis.

— É muito longe de vinte mil réis — replicou João Bobo, timidamente.

— Sim. Mas olha até onde vai esta escada; em toda a feira não há preço mais alto do que o meu.

— Tem razão. O carneiro é seu.

Desde esse dia, o pobre João nunca mais foi mandado a parte alguma nem para comprar, nem para vender.

O TOCADOR DE VIOLINO

Outrora, os habitantes de Gmund, na Suábia, construíram uma magnífica igreja sob a invocação de Santa Cecília — a padroeira dos músicos. Lírios de prata brilhavam como raios de luar em torno da santa: rosas-de-ouro, como a púrpura da aurora, enfeitavam o altar.

Trajava a Santa um vestido de prata e calçava riquíssimos sapatos de ouro, porque, naquele tempo, não somente na Alemanha, mas no mundo inteiro, os ourives de Gmund eram célebres pelo seu trabalho.

Grande quantidade de peregrinos dirigia-se à capela de Santa Cecília, onde constantemente ressoavam hinos melodiosos.

Um dia, chegou à cidade um pobre tocador de violino, de faces pálidas e cavadas, muito magro.

Caminhara durante longo tempo, estava fatigado e não tinha mais nem um pedaço de pão, nem a mais pequenina moeda de cobre.

Entrou na igreja e tocou o seu divino instrumento.

A santa comoveu-se com aquela melodia e com a sua miséria.

Fez um movimento, inclinou-se, descalçou um dos sapatinhos de ouro e lançou-o nas mãos do pobre menestrel.

Louco de alegria, o mocinho saiu correndo, a cantar, para fora da igreja e dirigiu-se a um ourives, para vendê-lo.

O ourives, apenas viu o sapato, reconheceu-o e fez prender o jovem músico, como ladrão.

Conduziram-no ao juiz, foi julgado e condenado à morte.

Ressoou o sino funebremente, batendo pelos que vão morrer. Numeroso cortejo pôs-se em marcha. Ouvia-se o canto solene dos monges, e dominando-os, os sons do violino, porque o inocente músico pedira, como graça especial, para conservar o instrumento e tocá-lo até o último momento.

Quando chegou diante da igreja de Santa Cecília, rogou:

— Deixem-me entrar aqui pela última vez e executar a minha derradeira harmonia.

Como a vontade dos que vão morrer é sagrada, permitiram-lhe.

Entrou, prostrou-se diante do altar e, com a mão trêmula, vibrou o arco.

A Santa, comovida pela sua dor, inclinou-se, descalçou o outro sapatinho de ouro e lançou-o nas mãos do pobre músico.

Numerosa multidão assistiu a esse milagre, e todos viram como a Santa protegia os músicos do povo.

Cercaram o artista ambulante, coroaram-no de flores, conduziram-no em triunfo ao palácio da Justiça, onde magistrados lhe ofereceram lauto banquete.

OS SEIS COMPANHEIROS

Venâncio era um homem que tinha muita habilidade para todos os ofícios. Fez-se soldado e portou-se como um herói. Acabada a guerra, deram-lhe baixa e algum dinheiro para gastar no caminho e voltar à terra. Como não ficou contente, jurou consigo que, se encontrasse companheiros, havia de obrigar o rei a lhe dar todos os tesouros do reino.

Caminhou para a floresta, onde viu um homem que acabava de arrancar seis grandes árvores com a mão, como se fossem raminhos de erva.

Perguntou-lhe:

— Queres vir comigo e ser meu criado?

— Pois sim — disse o outro — mas primeiro preciso levar à minha mãe este feixinho de lenha.

E tomando uma das árvores, atou-a às outras cinco, pôs o molho nas costas e foi andando para casa.

Veio depois ter com seu novo amo, que lhe disse:

— Nós dois juntos havemos de levar tudo a cabo.

Mais adiante, encontraram um caçador, de joelhos, a fazer pontaria com a espingarda.

— Para onde estás apontando?

O outro respondeu-lhe:

— É uma mosca que está pousada a duas léguas daqui, em cima de um ramo de carvalho. Quero ver se lhe acerto com o chumbo no olho esquerdo.

— Vem comigo — disse-lhe o soldado — nós três juntos havemos de levar tudo a cabo.

O caçador foi com eles e encontraram sete moinhos de vento com as velas a girar com muita rapidez. No entanto, não se sentia sopro algum de vento, da direita nem da esquerda, e nenhuma folha mexia.

O soldado disse:

— Não sei como é que estes moinhos podem andar, se não venta.

Duas léguas mais longe, viram um homem em cima de uma árvore; tinha o nariz tapado de um lado e, com a outra venta, soprava.

— Que diabo estás tu a soprar aí em cima?

— A duas léguas daqui há sete moinhos de vento; como vê, estou a soprar para os fazer andar a roda.

— Vem comigo. Nós quatro juntos havemos de levar tudo a cabo.

O homem do sopro desceu da árvore e foi com eles.

Dali a pouco, viram um homem que se mantinha em cima de uma perna só; havia despregado a outra e tinha-a no chão ao seu lado.

— Aqui está um homem que, com certeza, tem vontade de descansar.

— Sou andarilho e, para não correr demais, despreguei uma das pernas; quando ando com ambas, passo adiante das andorinhas.

— Vem comigo. Nós cinco juntos havemos de levar tudo a cabo.

Foi com eles e, logo depois, encontram um homem que tinha um chapeuzinho posto à banda mesmo em cima da orelha.

— Há de desculpar que lhe diga, mas era melhor que endireitasse o chapéu, porque assim parece um palhaço.

— Não se importe que faça tal coisa. Quando ponho o chapéu direito, vem um frio tão grande que os pássaros gelam no ar e caem mortos no chão.

— Então, vem comigo. Nós seis juntos havemos de levar tudo a cabo.

Os seis companheiros prosseguiram na jornada e entraram na cidade, onde o rei havia mandado apregoar que aquele que quisesse apostar com a sua filha quem correria mais, casaria com ela, se ganhasse; mas teria a cabeça cortada se perdesse.

O soldado apresentou-se e perguntou se podia dar um homem em seu lugar.

— Não há dúvida — respondeu o soberano — mas tanto sua vida como a dele ficarão em penhor e, se perderes, corta-se a cabeça a ambos.

Combinada assim a coisa, deu ordem ao andarilho que enganchasse a outra perna e tratasse de correr, fazendo diligência para ganhar a aposta.

Determinou-se que ganharia quem primeiro trouxesse água de uma fonte que ficava muito longe dali.

O andarilho e a filha do rei receberam cada qual o seu cântaro, e partiram ao mesmo tempo. Mal a princesa havia dado os primeiros passos e já ninguém via o corredor, que parecia levado pelo vento. Breve chegou à fonte, encheu o cântaro e voltou para trás.

No meio do caminho, sentiu-se cansado, pôs o cântaro no chão e deitou-se, tendo o cuidado de pôr debaixo da cabeça uma caveira de cavalo que por ali achou, para com a dureza do travesseiro, não poder dormir.

No entanto, a princesa, que corria bem, chegou à fonte e tinha-se apressado a voltar, depois de haver enchido o cântaro.

Deu com o andarilho a dormir.

— Bom! — disse ela consigo, muito contente, tenho o inimigo nas mãos.

Vazou o cântaro do dorminhoco e continuou.

Tudo estaria perdido, se, por felicidade, o caçador, empoleirado no alto do castelo, não tivesse visto, com os seus olhos penetrantes, aquela cena.

— Não convém que a princesa leve a melhor.

E com um tiro de espingarda, quebrou, debaixo da cabeça do andarilho, sem lhe fazer mal, a caveira de cavalo que lhe servia de travesseiro.

O outro, acordando sobressaltado, viu logo que o cântaro estava vazio e a princesa havia tomado grande distância.

CONTOS DA CAROCHINHA

Sem perder o ânimo, voltou à fonte, encheu novamente o cântaro e chegou ao fim da carreira com dez minutos de avanço.

— Tive que dar à perna. Em compensação, tudo o que fiz até agora, não se chama correr — disse.

O rei e a filha estavam furiosos por verem que o vencedor era um simples soldado com baixa. Resolveram dar cabo dele e de seus camaradas.

O rei disse à filha:

— Já achei um meio: não tenhas receio, que desta não escapam.

Com o pretexto de lhes dar um banquete, os fez entrar para um quarto com soalho, porta e janelas de ferro. No meio, havia uma mesa guarnecida de ricas iguarias.

Quando os viu lá dentro, mandou fechar e aferrolhar as portas.

Deu ordem ao cozinheiro para acender fogo debaixo do quarto, até que o soalho de ferro estivesse em brasa. A ordem foi executada e os seis camaradas, que estavam à mesa, começaram a sentir calor. A princípio, acreditaram que era por comerem muito depressa. Como o calor aumentava cada vez mais, quiseram sair e perceberam que as portas e as janelas estavam fechadas.

— Deixem que o rei não leve a sua avante — disse o homem do chapeuzinho. — Vou fazer com que venha um frio tão grande, que o fogo não terá remédio senão recuar.

Pôs o chapéu e fez tão grande frio, que a comida gelou.

Passadas duas horas, o rei, convencido de que já estavam assados, mandou abrir a porta e veio em pessoa ver o que era feito deles. Achou-os todos os seis muito contentes, a dizerem que estimavam muito poder sair, para irem se aquecer, porque ali fazia tanto frio, que até os pratos haviam gelado.

O rei foi ter com o cozinheiro e perguntou-lhe por que não havia executado as suas ordens.

— Aqueci até pôr o ferro em brasa. Faça favor de ir ver.

Com efeito, o fogo era muito forte.

Querendo ver-se livre daquela gente importuna, S.M. mandou chamar Venâncio.

— Se queres ceder os teus direitos à mão de minha filha, dar-te-ei todo o ouro que quiseres.

— Aceito de boa vontade, e basta que me dê o ouro que um dos meus criados puder carregar.

O rei ficou contentíssimo. O soldado disse que viria buscá-lo dentro de quinze dias.

Nesse intervalo, mandou chamar às pressas todos os alfaiates do reino e contratou-os para lhe fazerem um saco.

Quando o saco ficou pronto, o valentão da companhia, o que arrancava as árvores com a mão, o pôs nas costas e apresentou-se no palácio.

O soberano mandou vir um tonel, que seis homens dos mais fortes mal podiam rolar. O valentão agarrou-o e, deitando-o no saco, queixou-se de lhe haverem trazido tão pouco.

Veio sucessivamente todo o tesouro, que foi passando para o saco, sem encher nem ao menos a metade.

— Tragam mais! — gritava o valentão. — Duas migalhas não bastam para fartar um homem.

Trouxeram mais setecentos carros carregados de ouro, de todas as partes do reino, que ele meteu no saco com bois e tudo.

— O melhor — disse ele —, é deitar mão em tudo que puder apanhar e ir colocando no saco, até ver se assim posso enchê-lo.

Quando tudo já estava lá, ainda havia lugar, mas disse:

— É preciso pôr um termo a isso. Pode-se muito bem fechar o saco, sem estar cheio.

Dito isso, carregou-o às costas e foi ter com os seus companheiros.

O rei, vendo que um homem só lhe levava riquezas, ficou furioso e mandou sair a campo toda a cavalaria, com ordem de correr atrás dos seis companheiros e lhes tirar o saco.

Pouco depois, foram alcançados por dois regimentos.

— Estão presos, entreguem o saco e o ouro, senão morrerão.

— Que é lá isso? — respondeu o que assoprava. — Estamos presos? Esperem um pouco.

E tapando uma das ventas, pôs-se a soprar com a outra sobre os cavaleiros, de modo que os espalhou.

Um velho sargento-mor pediu misericórdia, alegando ter nove cicatrizes, e que um valente como ele não merecia ser tratado de maneira tão vergonhosa. O homem do assopro parou um instante e o sargento caiu ao chão sem se ferir.

— Vai ter com o teu rei e dize-lhe que ainda que, tivesse mandado mais gente contra nós, eu seria capaz de fazê-los dançar todos no ar.

Quando o rei soube do caso, disse:

— Deixe-os ir! Aqueles tratantes são feiticeiros.

Os seis companheiros levaram as riquezas, que repartiram entre si.

A BELA ADORMECIDA NO BOSQUE

O imperador dos turcos, Tamerlão I, e a rainha, sua mulher, desesperavam-se por não ter filhos. Já estavam de todo sem esperança, quando veio ao mundo uma interessante filhinha. Foi imensa a alegria dos pais, que decretaram festejos pomposos para celebrar o nascimento da pequenina seu batizado, dias depois.

As fadas do país foram convidadas para a festa, mas, por esquecimento ou pela pouca importância que lhe davam, esqueceram de mandar o convite a uma delas, feia e velha.

No dia do batizado, compareceram todas e vaticinaram à jovem Iris todas as felicidades, desejando-lhe formosura, beleza, fortuna, bondade, talento e um noivo rico.

Quando a última acabou de falar, apareceu a velha fada, que exclamou:

— Às bodas e ao batizado, não vá sem ser convidado... Mas vim, porque também quero fazer o meu presente à jovem Iris. Desejo que, quando chegar à idade de dezesseis anos, pique a mão num fuso, do que morrerá.

Ficaram todos consternadíssimos com tal profecia.

Uma fada, porém, que já conhecia quanto era perversa a sua má companheira, e imaginando que seria capaz de alguma partida, havia se escondido e surgiu depois dela.

— Falo ainda, que nada ofereci à princesa. Não tenho poder para destruir completamente o mau agouro da minha colega, mas posso modificá-lo. Iris não morrerá, mas há de adormecer durante cem anos, até que um príncipe jovem e formoso venha despertá-la, casando-se com ela.

Tamerlão I baixou imediatamente um decreto proibindo, sob pena de morte, o uso da roca e do fuso.

Iris cresceu, cheia de bondade, formosíssima, espirituosa e querida por todos.

Um dia, porém, quando já havia feito dezesseis anos, andando a passear pelo campo, entrou numa choupana habitada por uma velhinha, que se achava fiando, por ignorar o édito imperial.

Curiosa daquilo que nunca havia visto, pediu para ver um fuso, e, sem jeito nenhum, picou-se no dedo. Caiu para trás desfalecida.

O rei lembrou-se da profecia e, vendo que todos os esforços e cuidados eram inúteis para despertá-la, mandou que a transportassem para o palácio.

A boa fada, que destruiu em parte o encanto da velha bruxa, apareceu. Preveniu que, devendo ela dormir um século, ao despertar ficaria triste, não conhecendo mais ninguém.

Usando do seu poder, transformou fidalgos, lacaios e criados, o rei e a rainha, em estátuas de mármore.

Em torno do palácio cresceu um matagal tão espesso, tão cerrado, que o majestoso edifício não podia ser visto da estrada.

Decorreram cem anos.

Iris continuava a dormir, conservando sempre as mesmas faces cor-de-rosa, lábios vermelhos e cabelos louros.

Um dia, o filho de um rei, que então governava os turcos, andando a caçar, avistou casualmente, no meio do bosque, as elevadas torres do palácio.

Perguntou o que era, e ninguém, sabendo informar, embrenhou-se com afoiteza pela floresta, cujos ramos se abriram para deixá-lo passar.

Avistou o palácio, que conservava no mesmo estado, e ficou estupefato perante a beleza do que via, admirando-se das estátuas de mármore — umas sentadas, outras deitadas, algumas como se estivessem conversando.

Entrou pelas salas adentro e, quando chegou ao quarto da princesinha, ficou deslumbrado.

Assim que se aproximou, a formosa jovem falou-lhe muito naturalmente:

— Tardaste tanto, príncipe! Há muito que te esperava.

Havia terminado o encanto.

Todo o palácio acordou daquele longo sono de cem anos.

Tamerlão e sua mulher, que julgavam ter sabido do desmaio da filha poucos minutos antes, ficaram admirados vendo-a conversar com um estrangeiro, vestido inteiramente fora da moda que não conheciam.

Mas a boa fada apareceu e explicou o que se havia passado.

O casamento de Iris com o príncipe Heitor efetuou-se um mês depois, com um brilhantismo que hoje não existe, nem mesmo no país do Oriente.

O ANACORETA

Um virtuoso frade, animado por santo fervor religioso, retirou-se da cidade, longe dos homens, numa gruta solitária da Tebaida, para se consagrar inteiramente à obra da sua salvação. Jejuava, rezava, mortificava o corpo e dirigia constantemente o pensamento a Deus.

Tendo passado assim longos anos, pensou que já tinha merecido um bom lugar no Paraíso e podia colocar-se ao lado dos maiores santos.

Nessa noite o anjo Gabriel apareceu-lhe:

— Existe um humilde menestrel neste mundo, que vai de porta em porta tocando harpa e cantando, e que melhor do que tu, mereceu as eternas recompensas.

O eremita, admirado destas palavras, levantou-se, tomou o seu bordão de viagem e foi à procura desse músico ambulante.

Encontrou-o finalmente e perguntou-lhe:

— Irmão, dize que boas obras fizeste e por quais orações e penitências te tornaste agradável a Deus?

— Não zombes de mim, santo homem! Jamais fiz boas obras e, pobre pecador que sou, nem mesmo sei rezar. Vou somente de casa em casa, divertir as pessoas com a minha harpa.

Entretanto, o austero ermitão insistiu:

— Estou certo que, durante a tua existência fajuta, fizeste algum ato de virtude.

— Não, em verdade, digo que não poderia citar um único.

— Mas, como ficaste reduzido a esse estado de pobreza? Viveste extravagantemente, como as pessoas de tua profissão? Dissipaste em loucuras a herança de teus pais e os proventos do teu ofício?

— Não. Um dia encontrei uma pobre mulher abandonada, cujo marido e filhos haviam sido condenados à escravidão, para pagar uma dívida.

Essa mulher era jovem e moça. Dei-lhe asilo em minha casa; protegi-a durante o perigo, vendi tudo quanto possuía, para amparar aquela família; e reconduzia à cidade, onde ela devia encontrar-se com o marido e os filhos. Mas... que homem não teria feito o mesmo?

A essas palavras, o religioso da Tebaida chorou e exclamou:

— Nos meus setenta anos de solidão, nunca fiz uma obra tão boa, e, no entanto, chamo-me homem de Deus, e tu... tu não passas de um pobre menestrel!...

O REI DOS METAIS

Mariana era uma infeliz viúva, tão boa e tão pobre quanto Carlota, sua filha, era má. Muitos moços apresentaram-se, pedindo-a em casamento. Nenhum deles, porém, convinha; e a todos ela se mostrava desdenhosa, orgulhosa e altiva.

Uma noite, a mãe, tendo acordado e não podendo conciliar o sono, tomou o seu rosário, para rezar por sua filha, cujo orgulho a inquietava.

Carlota estava dormindo perto dela e sorria no meio do sono.

No dia seguinte, Mariana indagou:

— Que lindo sonho tiveste esta noite, que te fazia sorrir?

— Sonhei que um rico fidalgo me conduzia à igreja numa carruagem de cobre, dava-me um pequeno anel, cercado de pedras preciosas, que brilhavam como estrelas. E quando eu entrava na igreja, todo mundo só olhava para mim e para Nossa Senhora.

— Ah! Que sonho orgulhoso! — exclamou a viúva, sacudindo a cabeça com ar de tristeza.

Nesse mesmo dia, um jovem camponês, muito considerado no lugar, veio pedi-la em casamento.

Esse pretendente agradava muitíssimo à viúva, mas a filha respondeu:

— Mesmo que viesses buscar-me numa carruagem de cobre e me desse um anel cercado de pedras, brilhantes como estrelas, não te quereria.

Na noite seguinte, de novo, Mariana e, novamente, viu sua filha que sorria.

— Que sonhastes ainda? — perguntou-lhe pela manhã.

— Sonhei que um fidalgo veio pedir-me em casamento, numa carruagem de prata, e deu-me um colar de brilhantes. Quando entrei na igreja, todo mundo olhava mais para mim do que para a Virgem Maria.

— Oh! Minha filha! Reza, pede a Deus para te livrar da tentação.

Nesse mesmo dia, um moço veio pedi-la em casamento. A mãe recebeu o pedido com grande honra, mas Carlota despediu esse novo pretendente, dizendo:

— Ainda que o senhor viesse numa carruagem de prata e trouxesse um colar de brilhantes, não o aceitaria.

— Minha filha! — exclamou Mariana — renuncia ao teu orgulho. O orgulho conduz ao inferno!

A moça começou a rir.

Na terceira noite, sua mãe, despertando novamente, viu-lhe no rosto uma estranha expressão de fisionomia e, novamente, rezou por ela.

Quando acordou, sua filha contou-lhe:

— Sonhei que um príncipe veio pedir-me em uma carruagem de ouro e deu-me um vestido de ouro. Quando entrei na igreja, todo mundo olhava para mim somente.

A velha chorou amargamente, e a filha fugiu para não ver suas lágrimas.

Nesse dia, pararam à porta três carruagens — uma de cobre, outra de prata e a terceira de ouro. A primeira era puxada por dois cavalos, a segunda por quatro e a terceira por oito.

Da primeira e da segunda desceram pajens com calções vermelhos e bonés verdes; da terceira saltou um belo fidalgo, cujas vestimentas eram de ouro.

Pediu Carlota em casamento e ela aceitou-o prontamente, preparando-se com os vestidos que lhe trouxera.

A boa Mariana sentia-se, entretanto, inquieta. Mas a jovem estava radiante.

Saiu de casa, sem nem sequer pedir a bênção de sua mãe, e entrou na igreja com ar orgulhoso.

A velha ficou na soleira da porta, chorando e rezando.

Depois da cerimônia, Carlota seguiu com seu marido na carruagem de ouro, acompanhados pelos outros dois carros.

Caminharam longe, muito longe, e chegaram a um rochedo, onde havia uma porta, como a de uma cidade.

Entraram por ela, que se fechou, com ruído terrível, e viram-se em meio de profunda escuridão.

Carlota teve medo, mas seu marido lhe disse:

— Sossega; daqui a pouco terás luz.

Efetivamente, logo depois apareceu uma multidão de anõezinhos, vestidos de calções vermelhos e bonés verdes. Traziam tochas acesas e caminhavam ao encontro do seu amo, o Rei do Ouro.

Enfileiravam-se em torno deles e escoltaram-nos, por meio de longos vales e extensas florestas subterrâneas. Mas — coisa singular! — Todas as árvores eram de chumbo.

Depois, o cortejo chegou a um magnífico prado, no meio do qual se erguia um castelo de ouro, cheio de diamantes.

— Eis aí os teus domínios.

Entretanto, estava fatigada e tinha fome.

Os anõezinhos prepararam o jantar, e seu marido conduziu-a a uma mesa de ouro.

Todas as comidas que lhe deram eram de metal. Não podendo prová-las, ficou reduzida a pedir humildemente um pedaço de pão. Os criados trouxeram um pão de cobre, depois um de prata, e por último um de ouro. Não pôde comer nenhum deles.

A moça começou a chorar e o rei disse:

— Tuas lágrimas não mudarão teu destino. Esse destino foste tu mesma que o desejaste.

A pobre Carlota foi obrigada a viver na sua morada subterrânea, sofrendo fome, em virtude da paixão que tivera pelo ouro.

Só uma vez por ano, lhe é permitido sair, por três dias, durante os quais vai, de aldeia em aldeia, de porta em porta, implorando um pedaço de pão.

O SOLITÁRIO DA CABANA

Perto de Damasco, em miserável cabana, longe de seus irmãos, no retiro e silêncio, vivia solitário um piedoso monge. Passava o dia a meditar nas leis de Deus, a criar penitências, a se impor jejuns, a procurar nos bons livros os melhores ensinamentos religiosos.

Um dia, numa página de um desses livros, julgou ver brilhar o olhar enraivecido do Senhor, e a angústia apoderou-se de sua alma.

A festa da Páscoa aproximava-se.

O religioso apressou-se em pôr na mesa o pão bento, esperando que um convidado viesse partilhá-lo, porque a lei sagrada diz: "Cumprirás os deveres da hospitalidade."

Ninguém veio. O monge chorou, bateu no peito, ajoelhou-se à beira da porta. Depois saiu, para buscar um convidado a quem pudesse dar de comer e de beber.

Avistou um mendigo, que a custo caminhava, apoiado ao bordão, e convidou-o a entrar.

Aí apressou-se em servi-lo, deu-lhe a beber o seu melhor vinho e deitou-o no seu próprio leito.

No dia seguinte, o velho preparou-se para partir, cheio de reconhecimento.

O monge o fez demorar-se e disse:

— Viajante que o céu me enviou, seja bastante generoso para passar mais uma noite e um dia em minha casa!

O mendigo, que tão bem tratado foi, acedeu sem custo.

Mas, no meio da noite, o mendigo levantou-se, caminhou para ele, armado de um grosso pau, e feriu-o sem dó nem piedade.

— Bárbaro! — exclamou o pobre velho, todo ensanguentado. — Que te fiz eu, para que assim pratiques tão feia ação, contra todos os deveres da hospitalidade?

— Perdão! Perdão! — disse-lhe o outro, com humildade.

Depois beijou-lhe as mãos, tratou-lhe das feridas e velou solicitamente por ele, dia e noite.

O velho, tendo-se curado, devido a tantos desvelos e cuidados, dispôs-se a partir, mas o hóspede de novo falou:

— Viajante que o Céu me enviou, seja bastante generoso para continuar em minha casa mais um dia e uma noite.

Na noite seguinte, novamente, levantou-se e aproximou-se do leito do mendigo, desta vez armado com um machado, para matá-lo. O velho, tendo acordado em sobressalto, arrancou-lhe das mãos a arma assassina e bradou-lhe:

— Que loucura é essa? Pedes a um estrangeiro para se sentar à tua mesa, depois o espancas, e ainda queres matá-lo?

O solitário da cabana olhou-o amedrontado:

— Escuta e perdoa. O que fiz foi para obedecer à Lei Sagrada, que nos recomenda três deveres principais: praticar a hospitalidade, tratar dos enfermos e enterrar os mortos. Entraste em minha casa e eu satisfiz os deveres da hospitalidade. Mas não tinha doentes para curar, e por isso te feri com um pau. Não tinha mortos para enterrar, e quis matar-te. Oh!

Infelicidade! Sinto que a minha hora se aproxima e não pude cumprir o último dos três mandamentos!

A essas palavras, empalideceu, estremeceu e caiu.

Um anjo desceu até junto dele, libertou-lhe alma dos laços terrenos e exclamou:

— Mortais insensatos! O Senhor escreveu Santas Leis no fundo dos corações e vós as procurais nos livros obscuros! Correis em busca da luz Celeste que brilha sobre vossas cabeças...

JOÃO FELPUDO

João fazia o desespero do seu pai e, principalmente, de sua boa mãe, que de forma alguma podia contê-lo. Desde pequenino, mostrou grande prazer em se achar no meio de tudo quanto era nojento e sórdido, brincando de preferência nos montes de lixo depositados na rua, trepando nas carroças de cisco de limpeza pública, patinhando na lama, revolvendo-se no chão.

Ao passo que seus irmãozinhos, primos e os meninos da vizinhança, andavam sempre limpos e asseados, com todo cuidado no vestuário e no corpo, João vivia na cozinha, emporcalhando-se de carvão e cinza.

No colégio, derramava tinta nas calças, sujava os dedos, andava coberto de giz e limpava a pena, quando acabava de escrever, na cabeça ou na aba do paletozinho.

Morrendo o pai, ficou entregue a si, com dez anos penas, porque a mãe não tinha força moral sobre ele, que zombava das ameaças e escarnecia dos bons conselhos e admoestações.

O menino nunca mais foi à escola e desaprendeu o pouquinho que sabia, sem se envergonhar dos progressos feitos pelos outros e dos bonitos prêmios que os maninhos traziam todos os trimestres para casa — livros com estampas, ganhos nas aulas de aplicação e comportamento.

A família residia num arrabalde, retirado, perto do mato, porque era paupérrima.

Dois anos depois da morte do pai, ninguém o conhecia.

Não tirou mais a roupa do corpo: a camisa e as calças tão rasgadas estavam, que pareciam vestes de mendigo.

O imundo rapaz não tomava banho, nem mesmo lavava o rosto, as mãos e os pés. Os cabelos cresceram-lhe, ásperos, duros, engruvinhados, caindo sobre os ombros e empastados de terra.

Em torno dos ouvidos, tinha manchas pretas e, no pescoço, colares de pó.

Os dentes, cobertos de limo, eram verdes e pretos, ou então completamente cariados.

Não cortava as unhas, que haviam crescido curvas, em forma de garras de gavião.

Os rapazinhos da vizinhança evitavam-no, receosos da sua figura de animal feroz e enjoados de tanta imundície.

Parecia um macaco, ou um urso, com grande cabeleira e unhas de duas polegadas de comprimento.

Começaram a chamá-lo de João Felpudo e, a alcunha, correndo de boca em boca, popularizou-se.

João Felpudo não se importava com aquilo e também não procurava a companhia das crianças de sua idade. Não estudando, não tomando banho e sem cuidar do espírito nem do corpo, bestificara-se, tornando-se um verdadeiro monstro, fugindo ao convívio humano.

Sua mãe, se conseguia falar-lhe, suplicava, pedia, chorava, para que consentisse em cortar as unhas e os cabelos, para que tomasse um banho e mudasse de roupa.

João Felpudo ria-se alvarmente e ia brincar no chiqueiro dos porcos.

Uma tarde, o menino saiu de casa; embrenhou-se pelo mato adentro, e perdeu-se.

Quase ao anoitecer, vendo que não acertava o caminho, começou a chorar. Mas o infeliz nem mesmo chorar sabia! Os soluços eram uma espécie de guinchos de sagui, misturados com urros de tigre.

Avistando um homem, o instinto o fez correr para essa figura humana, como que pedindo proteção.

O caçador, vendo aquele animal avançar em sua direção, pensou ser gorila, levou a espingarda à cara e atirou.

Assim morreu João Felpudo — o menino sujo.

O VASO DE LÁGRIMAS

Piedosa e honesta viúva, tinha uma filha muito boa e gentil, a quem amava sobre todas as coisas, sem poder separar-se dela um só instante sequer. A interessante menina, porém, adoeceu e faleceu pouco depois.

Ao vê-la partir, a pobre mãe, que havia velado dia e noite, durante toda a sua enfermidade, sentiu-se possuída de inexprimível dor. Não quis se alimentar e, sem cessar, chorava e lamentava-se amargamente.

Uma noite, em que se achava mais do que nunca entregue à dor e ao desespero, no próprio lugar em que a filha exalara o último suspiro, a porta do quarto abriu-se e viu aparecer a querida filhinha, com um olhar e um sorriso de anjo.

Trazia na mão um vaso cheio até as bordas e dirigiu-lhe a palavra:

— Oh! Minha mãe, não chores mais! Vê: O Anjo do Luto e da Dor recolheu neste vaso todas as tuas lágrimas. Se chorares ainda, elas transvasarão, correndo sobre mim e perturbando o meu repouso no túmulo e a minha felicidade no Céu.

A menina desapareceu. A mãe acalmou-se e deixou de chorar, para não perturbar a alegria de sua filha, no Paraíso.

A BELA E A FERA

Riquíssimo e honrado mercador do Oriente, chamado Abdenos, tinha três filhas formosíssimas. Infelizmente, as duas mais velhas não aliavam a bondade à beleza. Eram más, astuciosas, dissimuladas e invejosas.

Em compensação, a mais nova era tão bonita que a chamavam de Bela — era um anjinho e, por isso mesmo, as irmãs mais velhas não podiam vê-la. Como o pai a estimava muito, limitavam-se apenas a contrariá-la no que podiam e a mal interpretar todas as ações da pobre menina.

Um dia, o mercador teve necessidade de fazer uma viagem para tratar de negócios importantes. Na ocasião em que se despedia das filhas, perguntou-lhes se tinham desejo que lhes trouxesse alguma coisa.

As duas mais velhas, que já esperavam a pergunta, fizeram-lhe mil pedidos, joias, rendas e outros objetos da mesma natureza.

Como Bela não pediu nada — o mercador perguntou-lhe se não tinha desejo algum.

— Eu, meu pai — respondeu a gentil menina —, que hei de desejar?... Nada me falta.

Abdenos insistiu. Bela não sabia o que havia de pedir, só para contentar o pai, porque, na verdade, nada desejava. Uma flor que tinha na mão lembrou-lhe um meio de sair da dificuldade.

— Traga-me uma rosa, papá — disse por fim.

O mercador fez a viagem sem novidade e, após concluir os negócios, pôs-se a caminho para casa, montado num magnífico cavalo.

Ao cair da noite do primeiro dia de marcha, sobreveio uma terrível tempestade, que lhe fez com que se perdesse no bosque.

Galopou, durante algum tempo, por uma estrada que se estreitava cada vez mais, na qual os calhaus, que a princípio tornavam o passo um pouco incômodo, eram substituídos por grandes penedos, dificilmente transpostos pela alimária, constituindo sério perigo para o cavaleiro, que podia ser cuspido da sela e esmigalhado.

As árvores descarnadas, que orlavam a estrada, tomavam estranho aspecto, figurando seres fantásticos, cujos braços pareciam querer dilacerar o temerário que se embrenhara na terrível estrada e obstar que continuasse a avançar.

Abdenos, aterrado, incitava o cavalo, que galopava, transpondo com prodigiosos saltos os grandes penedos.

A estrada, que ia pouco a pouco se estreitando, por fim terminara. De repente, em um daqueles saltos, o terreno faltou-lhe subitamente debaixo dos pés, e o animal precipitou-se num profundo abismo.

O mercador, vendo a morte ante seus olhos, e lembrando-se das filhas, principalmente da mais nova, a mais querida, soltou um grito angustioso, dizendo:

— Adeus Bela.

No momento em que pronunciava estas palavras, um ramo susteve-o no ar, e o pobre homem, meio louco de terror, viu-se salvo.

Achava-se quase no fundo dum abismo, profundíssimo. Passado o primeiro momento de estupefação, começou a trepar pela parede do abismo, onde as enormes rochas formavam uma espécie de escada. Nunca poderia subir aqueles imensos degraus. Mil e mil vezes teria caído, se os ramos das árvores o não ajudassem e amparassem.

Quando chegou à parte superior, ficou deslumbrado com a formosa cena que tinha ante os olhos.

As sombras da noite foram substituídas por suave claridade; o caminho aparecia de novo liso, igual, coberto de dourada areia que cintilava. As horrendas árvores cederam lugar a formosos arbustos cobertos de mimosíssimas e variadas flores, que embalsamavam o ar. No fim da extensa planície de esfinges, via-se um palácio cujas portas estavam abertas de par em par. Entrou.

Na porta de uma das salas estava escrito o seu nome. Abdenos, surpreendido, viu-se numa sala de banho. Fez as suas abluções, mudou de roupa e passou à sala imediata, onde viu uma mesa luxuosamente posta, mas com um só talher.

O mercador sentou-se. Quando acabava de se servir de um prato, este desaparecia, sendo instantaneamente substituído por outro. Abdenos notou que lhe eram servidas as suas comidas e vinhos prediletos. Terminando, foi visitar o palácio. Estava já fatigado, quando se deparou um quarto, onde havia uma cama feita. Deitou-se e não tardou em adormecer profundamente, prostrado pela fadiga e pelas emoções por que passara.

Acordou no dia seguinte, ao romper do dia. Após se vestir e orar, passou à sala onde encontrou o almoço na mesa.

Após o almoço, erguendo-se, disse em voz alta:

— Quem quer que sejas, a quem devo tão generosa hospitalidade, recebendo os meus sinceros agradecimentos. Bendito sejas. E seguindo o caminho que na véspera percorrera, saiu do palácio.

À vista dos jardins, lembrou-se do pedido de Bela. Andou em busca da mais formosa roseira e, vendo uma que lhe agradou, escolheu a mais bela.

Quando cortou a haste, que ficou a gotejar sangue, ouviu um sentido gemido e uma voz que na espessura dizia:
— Ah! Ingrato! Assim pagas a hospitalidade que te dei!
O mercador, surpreendido, ergueu os olhos e ficou aterrado, deparando uma fera, parecida com um urso, que lhes mostrava um dístico, no qual se liam estas palavras:
"Todo aquele que tocar nestas flores, será imediatamente morto."
Abdenos balbuciou algumas palavras, tentando justificar-se:
— Perdão! Perdão! Como poderia adivinhar que, cortando uma rosa para levar à minha filha, cometia uma ação má, que incorria em tão severa pena.
— É irrevogável esta sentença e ninguém a ela se pode esquivar, a menos que outrem se sacrifique pelo criminoso. Prepara-te, pois, para bem morrer. — Como posso preparar-me para bem morrer — gemeu o mísero —, sem ter deixado os meus negócios em ordem, e levando para outra vida o receio de não ter assegurado o futuro de minhas filhas? Tenho atualmente toda a fortuna empregada em negócios, que só eu posso deslindar. Com mais três meses de vida, salvava-se; e assim, deixo-as na miséria! Como posso bem morrer?
A Fera parecia sensibilizada.
— Não te poderia perdoar, ainda que o quisesse. Posso, porém, aceder ao teu último desejo. Concedo-te os meses. Findo esse prazo, tu ou alguém que queira substituir-te, estará aqui, neste mesmo local. Dá-me tua palavra que assim o farás?
— Dou — respondeu Abdenos.
Mal pronunciava essa palavra, achou-se à porta de casa. Pareceu-lhe um sonho tudo quanto se passara, mas a rosa que tinha na mão, não lhe deixava dúvida alguma sobre a triste realidade.
Abdenos subiu, sendo recebido pelas filhas com grande manifestações de alegria. As duas mais velhas perguntaram-lhe logo pelas encomendas, ficando desesperadas quando viram que o pai não lhas trazia, e mais ainda, ao darem com os olhos na rosa pedida por Bela.
Esta, reparando só no gesto demudado do senhor, apenas tratou de inquirir o que tinha ele. O mercador disfarçou, dizendo estar bem e que não sentia coisa alguma, além da natural fadiga da viagem. Bela não acreditou nas palavras do pai; mas, não querendo ser importuna, fingiu que aceitava a explicação.
Os dias iam passando rapidamente para Abdenos, que não saía do escritório, ocupado em pôr em ordem os seus negócios, em liquidar a sua fortuna e em chorar por ter de se separar para todo o sempre das filhas, principalmente de Bela.

Bela, por sua parte, desconfiava, espreitava-o. Numa noite, ouviu-o dizer:

— Chegou o dia fatal. Amanhã, tenho que dar cumprimento à minha promessa. Ah! Bela, Bela, quem diria que aquela rosa seria a causa da morte de teu pai!

Imagine como tais palavras deixaram a pobre menina. Recolhendo-se, levada em lágrimas, ao quarto, ajoelhou-se ao pé do leito, pedindo ao Céu uma inspiração, que lhe permitisse salvar o pai.

Após feita essa oração, sentiu-se possuída de invencível sono, durante o qual lhe passaram ante os olhos as cenas que se haviam passado durante a viagem do mercador. Depois, ouviu uma voz que lhe dizia:

— Se quiseres salvar teu pai, mete este anel no dedo e ele te transportará para onde desejares.

Nisto, Bela acordou e viu sobre o travesseiro um anel. Então, a excelente menina escreveu uma longa carta a Abdenos, contando-lhe como soubera o que se passara, e dizendo-lhe que, tendo sido a causa do perigo que o ameaçava, e que ele fazia mais neste mundo que ela, era de justiça substituí-lo.

Quando acabou de escrever, meteu o anel no dedo, dizendo:

— Anelzinho de condão, pelo condão que Deus te deu, transporta-me ao palácio da Fera.

De repente, viu-se à porta do palácio encantado.

Entrou e, percorrendo as salas, cujas portas estavam abertas de par em par, foi dar a outra, onde estava uma mesa posta para dois comensais. Na verga da porta da sala imediata lia-se o seguinte dístico: "Toucador da Bela".

Nesse momento batiam a uma das portas da sala de jantar. Bela ficou perdida de medo, mas, lembrando-se de que estava ali para dar a sua vida em resgate da de seu pai, mandou entrar quem batia. Era a Fera; com um ramo na mão, avançava lentamente.

— Nada receie, Bela; não sou capaz de te fazer mal. Amo-te e só peço que não tenhas medo de mim. Pode ser que, conhecendo-me melhor, vejas que o hábito não faz o monge e que este horrível corpo esconde alguma coisa que vale muito.

E avançando com a mão sobre o coração, ofereceu o ramo à Bela.

Esta ainda estava mais aterrada do que se a morte a ameaçasse. Mas, erguendo os olhos, viu os da Fera tão meigos e o gesto do pobre animal tão humilde, que cobrou ânimo. Os olhos da Fera encheram-se de lágrimas e, dando um suspiro, murmurou:

— Vejo que me temes e eu amo-te tanto, tanto!...

Bela sossegou-a e, compungida pelo sofrimento em que a via, falou:

— Não tenho medo de ti, Fera, mas tu és tão feia! Bem vês que é impossível te amar, mas posso ser muito tua amiga.

A Fera, um pouco mais consolada, disse-lhe que, se tinha vontade de comer, fizesse aquela refeição, e que todos os desejos que tivesse seriam cumpridos.

Bela sentou-se à mesa e, vendo mais um talher, perguntou para quem era.

— Era para mim, mas eu repugno-te tanto! — respondeu o pobre animal com voz triste.

— Não me repugnas, não. Pareces-me muito boa. És feia de corpo, mas vejo que és bonita de alma. Se o desejares, senta-te aqui ao pé de mim.

A Fera, com os olhos brilhantes de contentamento, sentou-se ao pé de Bela, cercando-a de milhares de atenções e servindo-a com toda a delicadeza.

Após terminada a refeição, ergueu-se e agradecendo à Bela a sua condescendência, disse-lhe:

— Ninguém entrará nestes aposentos a não ser eu quando me quiseres dar esse prazer. Pode, pois, estar tranquila — e saiu.

A vida de Bela corria tão feliz quanto podia ser, longe da família. Nada lhe faltava e a Fera era tão boa, tão humilde, tão respeitosa, tão meiga que a gentil menina lhe tomara verdadeira afeição, e nem já reparava que era um monstro horroroso.

No seu quarto, havia um enorme espelho em que via tudo que se passava na casa do pai.

Um dia, quando se levantou, viu o mercador no leito, cercado de médicos. Deu um grito:

— Fera, oh, Fera!

Esta apareceu logo, cheia de cuidado.

— Vê, meu pai está doente, sem ter ao pé de si a sua enfermeira. Deixa-me ir tratar dele.

A Fera chorava.

— Vai — disse — Vai, mas não te esqueças de mim, senão morro. Logo que teu pai estiver bem, volta. Não te demores, senão já não me encontrarás. Este anel te transportará e nunca o deixes para não esquecer de mim.

Bela, para não prolongar as dores da despedida, disse também a chorar:

— Anelzinho de condão, pelo condão que Deus te deu, transporta-me à casa de meu pai.

E achou-se em casa do pai.

Abdenos, quando viu a filha, ficou tão contente, que melhorou consideravelmente. O mercador, tinha todas as noites, em sonhos, notícias da filha e sabia tudo quanto ocorria no palácio da Fera. Mas a saudade ia minando lentamente e adoecera.

Já o mesmo não acontecia às irmãs.

Ao vê-la, ficaram desesperadas.

Cheias de inveja, procuraram saber o meio de que Bela dispunha para se transportar ao palácio encantado, meio que a irmã, por prudência, lhes não revelara.

Bela, quando se lavava, tirava sempre o anel; as irmãs desconfiaram que ele era de condão e combinaram-se para a chamarem de repente, quando o tivesse tirado do dedo, roubando-o.

Assim fizeram, e conseguiram ter à mão o desejado anel.

O mercador, no fim de oito dias, estava restabelecido.

Bela sonhava todas as noites com a Fera, que via triste e adoentada, sempre a chorar. Como, porém, lhe roubaram o anel, de dia esquecia-se.

Uma noite, sonhou que a Fera expirava. Acordou espavorida e, vendo que não tinha o anel no dedo, lembrou-se de que as irmãs eram capazes de lhe terem tirado. E, para o reaver, foi ao quarto delas, dizendo como a si mesma:

— Ora isto! Perdi o meu anel. Que desgraça! Se alguém o tem, morre em um mês.

As irmãs, acreditando nas palavras de Bela, foram logo a correr buscar-lhe o anel, dizendo-lhe que o guardaram por brincadeira.

Bela meteu-o imediatamente no dedo e, proferindo as palavras sacramentais, achou-se no palácio, onde viu a Fera agonizante.

Ajoelhou-se junto do pobre animal, afagando-o, dispensando-lhes as palavras mais meigas, fazendo-o respirar sais. Mas o animal não se movia.

Depois de muitos esforços, pareceu à Bela que sentia palpitar-lhe o coração. Continuou, pois, a ministrar-lhe os mesmos remédios e, por fim, ela voltou a si.

A moça compusera o rosto, disfarçando a sua aflição, a fim de não aterrar a doente. Tornando a Fera a si, murmurou:

— Agora que te vi quase perdida, é que conheci o que se passava no meu coração. Não sejas injusta, amo-te.

Mal pronunciara esta última palavra, espalhou-se pelo palácio uma deslumbrante luz e, em lugar de Fera, apareceu aos seus olhos atônitos um formosíssimo príncipe.

Esse príncipe fora encantado naquele horrível animal, por uma fada má, e todos os seus súditos em plantas. As árvores, que se opunham à marcha de Abdenos, eram aguerridos soldados. O encanto só terminaria quando uma menina, boa e bonita, se apaixonasse pela Fera.

Logo que se quebrou o encanto, uma boa fada transportou para o palácio a família de Bela, transformando as irmãs em estátuas, para as castigar por sua maldade.

OS DOIS CAMINHOS

Tomás — o bom mestre-escola da aldeia, em uma ocasião, achava-se em aula com os discípulos, que se compraziam em escutá-lo, porque as suas lições eram ao mesmo tempo, agradáveis e instrutivas.

Nesse dia, entretinha-os falando sobre a boa e a má consciência e as vozes secretas do coração.

Quando acabou, disse:

— Qual de vós poderia fazer-me uma comparação justa sobre o que acabo de explicar?

Um dos discípulos ergueu-se e falou:

— Parece-me que posso, mas não sei se será justa.

— Vamos, meu filho — replicou com bondade.

O rapazinho exprimiu-se nos seguintes termos:

— Comparo a paz da boa consciência e do desassossego de espírito, ao caminho que segui em duas ocasiões diferentes. Quando os soldados inimigos passaram por aqui pela nossa aldeia, apoderaram-se violentamente de papai e o levaram. Mamãe chorava e desolava-se, e nós também chorávamos. Ela enviou-me à cidade, para saber notícias. Não o encontrei e regressei com o coração aflito e amargurado. Foi por uma noite fria de inverno. O vento gemia, perpassando por entre as elevadas franças dos altos pinheiros. Eu vinha pensando que talvez nunca mais tornasse a ver meu bom pai, e não sabia como anunciar à mamãe o triste resultado da viagem. Essa noite escuríssima e tenebrosa causava-me grande pavor, e o ruído das folhas secas, levadas em turbilhão pela ventania, fazia-me estremecer. Imaginava comigo mesmo que assim deve sofrer um homem que tem uma consciência má.

— Menino! Exclamou o professor. — Alguém de vós gostaria, no meio de uma noite assim terrível, ir procurar seu pai, não encontrá-lo e escutar vozes das bestas feras, casadas às vozes do temporal?

— Oh! Não, não — balbuciavam os alunos com arrepio de medo.

O jovem discípulo prosseguiu:

— Outra vez, eu seguia o mesmo caminho, com minha irmã. Voltávamos da cidade e trazíamos muitos presentes bonitos para darmos à mamãe, no dia de seu aniversário. Era por uma belíssima noite de primavera. O céu estava sereno e claro. Fazia um luar esplêndido. Por toda a parte reinava a mais absoluta calma. No silêncio dessa noite formosa e serena, escutava-se apenas o murmúrio do regato, serpenteado à beira do caminho, e o canto do rouxinol trinando na mata. Eu e minha irmã caminhávamos tão contentes, que não podíamos falar. O nosso querido pai veio ao nosso encontro, e eu pensei: deve gozar essas mesmas sensações o homem que tem uma boa consciência.

— São justas e muito próprias ambas as tuas comparações, meu filho! — disse o professor.

OS TRÊS CABELOS DO DIABO

Zebedeu nasceu com dentes — uma dentadura completa, perfeita e igual. As "comadres" disseram que seria muitíssimo feliz; e uma delas, que passava por feiticeira, profetizou o seu casamento com a princesa, filha do imperador do país, quando completasse quinze anos.

O monarca, passando casualmente pela vila, ouviu a conversa e os comentários. Ignorante e supersticioso, acreditou no vaticínio da senhora e quis empregar todos os esforços para que aquilo se não realizasse.

Viajava incógnito e assim pôde apresentar-se, sem ser conhecido, na choupana dos pobres camponeses. Dizendo-se negociante, propôs aos pais do recém-nascido tomar conta da criancinha e levá-la consigo. Prometeu adotá-la, pois não tinha filhos, legando-lhe toda a sua fortuna, quando morresse, e encarreirando-o logo que chegasse à idade precisa.

Soube usar de tal linguagem, conversar tão insinuante e habilmente, que os crédulos aldeões se deixaram influenciar, cederam e confiaram-lhe o filhinho. O imperador despediu-se, levando o pequerrucho.

Chegando fora da vila, meteu-o numa caixa e atirou-o n'água, com intenção de o afogar, para que o prognóstico da bruxa não se realizasse.

Em vez de ir ao fundo, a caixa flutuou, até parar ao encontro do açude de um moinho.

O moleiro, vendo o fardo, apanhou-o, na esperança de encontrar algum tesouro. Admirou-se quando viu aquele meninozinho tão bonito e esperto e, como não tinha filhos, adotou-o com grande satisfação de sua mulher.

Zebedeu cresceu muito bem tratado, entre os desvelos e carinhos dos seus pais adotivos.

Meses após haver ele completado quinze anos, o imperador, fugindo à chuva, abrigou-se no moinho. Enquanto esperava que a tempestade acalmasse, começou a conversar e perguntou se o mocinho era filho deles.

A mulher contou a história do enjeitado.

O soberano, vendo que havia falhado a sua primeira tentativa de fazê-lo desaparecer, lembrou-se de executar outro plano. Escreveu uma carta à imperatriz, ordenando-lhe que mandasse decapitar imediatamente o portador. Em seguida, pediu ao moleiro que deixasse o rapaz levar a carta.

Zebedeu partiu, mas, não sabendo bem o caminho, perdeu-se no mato, indo parar a uma casinha habitada por uma senhora.

Essa mulher, de bom coração, ouviu-o contar que se perdera. Avisou-o de que a casa onde se achava era um covil de ladrões, e que o matariam com certeza se o encontrassem.

Ele, porém, era destemido e, como estava extremamente fatigado, não fez caso e deitou-se.

Pelo meio da noite, entraram os salteadores e a senhora contou-lhes quem era o portador da carta para a imperatriz.

O chefe dos bandidos teve curiosidade de saber o que continha a correspondência e abriu-a. Indignado ao ver que o monarca mandava cortar a cabeça do pobre moço, lembrou-se de fazer uma partida ao malvado.

Imitou a letra de Sua Majestade e escreveu outra carta, ordenando à imperatriz que casasse a princesa com o portador.

Zebedeu partiu pela madrugada sem desconfiar de coisa alguma, e chegou ao palácio.

A soberana admirou-se da missiva, mas cumpriu a ordem, acostumada como estava a obedecer sem discussão.

A princesa Cecília casou-se com o enjeitado, na capela imperial.

Quando o imperador chegou, ficou aflitíssimo, mas viu que a culpa não era nem do moço, nem da imperatriz. Entretanto, como se não podia resolver a aceitar por genro um valdevinos, sem eira nem beira, disse-lhe:

— Para eu consentir que continues a viver com minha filha, é preciso ires ao inferno e trazeres três fios de cabelo do diabo. Se nos trouxeres, será príncipe.

O rapaz não teve medo e partiu.

Na manhã seguinte, começou a jornada. Após andar muitos dias, chegou a uma grande cidade.

À porta principal perguntou-lhe uma sentinela, que ofício tinha ele e o que sabia fazer.

— Tudo... — respondeu o moço.

— Então, faça o favor de explicar o porquê que a fonte de nosso mercado, que antigamente jorrava leite, agora nem sequer deita água...

— Espere. Quando voltar, lhe direi.

Continuou a jornada, e chegou a outra cidade, onde também encontrou uma sentinela que lhe fez a mesma pergunta.

— Tudo!... — respondeu ele, como da primeira vez.

— Então, faça o favor de explicar por que é que a árvore grande dos jardins reais, que antigamente dava frutos de ouro, agora nem sequer tem folhas.

— Espere. Quando voltar, lhe direi.

Prosseguiu no caminho e chegou a um rio que era preciso atravessar.

O barqueiro, do mesmo modo que as duas sentinelas, inquiriu do seu modo de vida e do que sabia fazer.

O moço respondeu-lhe ainda da mesma forma e o canoeiro falou-lhe:

— Então, faça o favor de explicar o porquê é que hei de viver eternamente neste pasto, sem nunca ser rendido...

— Espere. Quando voltar, lhe direi.

Tendo atravessado o rio, encontrou finalmente a porta do inferno. O diabo não estava em casa, e viu apenas a governanta.

O rapaz contou-lhe toda a sua história. A senhorinha, condoendo-se da sua sorte, prometeu servi-lo, arranjando os três fios de cabelo e fazendo com que Satanás respondesse às três perguntas que desejava saber.

Quando Lúcifer chegou, o mancebo escondeu-se. Pouco depois o diabo dormia profundamente no regaço da senhora, que, como de costume, começou a lhe catar a cabeça.

A governanta arrancou-lhe um fio de cabelo.

— Ai — gemeu ele. — Que estás fazendo?

— Nada! Tive um sonho mau e agarrei-o pelos cabelos.

— Que foi que sonhaste?

— Sonhei que a fonte do mercado de uma cidade, que antigamente jorrava leite, agora secou de todo.

Satanás pôs-se a rir.

— Isso é verdade. Existe um sapo debaixo da pedra. Se o matarem, a fonte correrá outra vez.

A senhora continuou a catá-lo, e ele adormeceu. Então, arrancou-lhe o segundo fio.

— Ai — gritou. Sonhaste outra vez?

— Sim. Sonhei que num jardim real há uma árvore, outrora carregada de frutos de ouro e que agora está em folhas.

— É porque há um camundongo que lhe rói a raiz. Se o matarem, a árvore reverdecerá; do contrário, acabará por morrer inteiramente.

Pela terceira vez, Lúcifer dormiu. A governanta, passado algum tempo, tirou-lhe o outro fio, o último.

O diabo, como das outras vezes, despertou com a dor.
— Com efeito! Queres porventura fazer-me careca... Não acabas com os teus sonhos?...
— Não sei o que é isso, mas o fato é que sonhei com um barqueiro que se queixava de andar eternamente a passar gente de uma para outra margem do rio, sem ser substituído.

Satanás riu-se gostosamente:
— É por ser tolo. À primeira pessoa que lhe aparecer pedindo passagem, não tem mais que lhe abandonar os remos e pôr-se ao fresco. O outro não terá remédio senão ficar no seu lugar.

Zebedeu ouviu tudo quanto queria saber, recebeu os três fios de cabelo, agradecendo muito à governanta, e voltou para o império do seu sogro.

Caminhou pela mesma estrada percorrida e ensinou ao barqueiro e às duas sentinelas o que desejavam saber.

Cada um deles deu-lhe um presente valioso e o venturoso rapaz chegou rico e satisfeito ao palácio.

O imperador cumpriu a palavra e o fez príncipe, consentindo que ele vivesse com sua filha.

Mas, como era um monarca avarento e ambicioso, quis saber em que sítio o genro havia achado as riquezas que trazia.

— Apanhei-as na margem oposta de um rio que atravessei. É a areia da praia.

— E eu posso ir buscá-la?

— Quanto quiser, meu sogro. Há de achar um barqueiro; chame-o e ele passará no mesmo instante.

O avaro imperador empreendeu a viagem. Chegando ao ponto que lhe havia ensinado o moço, chamou o canoeiro que o fez entrar.

Logo que chegaram ao outro lado, o barqueiro abandonou-lhe os remos e foi-se embora.

O imperador ficou sendo barqueiro, para seu castigo, sendo provável que ainda esteja lá, pois, ninguém o foi substituir.

A LENDA DA MONTANHA

Houve um tempo em que na montanha de Blümlisalp na Suíça, coberta de neve eterna, enxames produziam um mel aromático; soberbas vacas, pastando, durante todo o ano, em fartas campinas, davam saboroso leite; o lavrador, com insignificante trabalho obtinha abundantes colheitas.

Mas os habitantes dessa ubérrima terra, deixaram-se cegar pelo brilho da fortuna e entontecer pelo orgulho.

Embebedaram-se com a alegria e os gozos das suas riquezas, esqueceram-se de que a posse dos bens deste mundo está ligada a um dever — o rigoroso dever da hospitalidade e da caridade.

Em vez de bem empregarem os seus tesouros, serviram-se deles para se entregarem à indolência e aos prazeres voluptuosos de toda a sorte, em orgias incessantes. Não escutaram as súplicas dos desvalidos; repeliram os pobres que vinham bater às suas portas. Deus castigou-os.

Um desses homens ricos, sem coração, fizera construir nas verdejantes encostas de Blümlisalp, um opulento palacete, onde vivia com indignos companheiros.

O leite mais puro era derramado todas as manhãs nas banheiras e as escadas do terraço do jardim, diz a lenda, eram feitas, não de blocos de pedras, mas de suculentos queijos.

O homem das montanhas herdara do seu pai todos os domínios, e enquanto fazia tão mau uso dele, sua mãe, relegada no fundo do vale, vivia na mais completa miséria.

A pobre senhora, com fome e frio, veio invocar-lhe a piedade; que estava fraca e não podia trabalhar; que morava sozinha na sua cabana, indigente e enferma. Pediu-lhe que lhe mandasse dar apenas as migalhas dos seus banquetes, e um lugar nas suas manjedouras ao lado dos animais.

O homem mostrou-se inflexível e ordenou que os lacaios a enxotassem. A pobre senhora afastou-se. Por mais cruel que fosse o ultraje recebido, não podia amaldiçoar o filho que amamentara, que embalara no berço e que criara. Enquanto caminhava com andar vacilante, de cabeça baixa, soluços, que não podia sufocar, irrompiam-lhe do coração oprimido, e lágrimas amargas deslizavam-lhe das faces.

Deus contou as lágrimas da mãe ultrajada.

Apenas chegou ela ao vale, um medonho temporal desabou.

O filho amaldiçoado viu o seu palacete atingido pelo raio, os tesouros consumidos pelo incêndio. Ele mesmo não pôde escapar. Morreu com seus infames companheiros.

Os verdejantes e ubérrimos campos, cujos produtos serviam apenas para o custeio das suas orgias, cobriram-se de espessa camada de neve, que jamais se derreterá.

No lugar em que a senhora em vão implorou a sua compaixão, o abatimento do solo cavou um abismo; e, onde caíram as lágrimas dessa mãe desolada, presentemente, veem-se cair, gota a gota, as frias lágrimas das geleiras eternas.

HISTÓRIA DE DONA CAROCHINHA

Dona Baratinha, também conhecida como dona Carochinha, estava certa manhã a varrer e espanar sua pequena casa, quando encontrou um vintém.

Na época e no país em que vivia tão ilustre senhora, todos os objetos eram muito baratos, e um vintém valia mais do que vale hoje em dia uma dezena de contos de réis.

A distinta personagem, após anunciar e indagar por toda a parte, vendo que não aparecia o dono de tão grande quantia, ficou com o dinheiro.

Tratou de mobiliar convenientemente a casa, adquiriu todas as coisas indispensáveis; mandou fazer um rico enxoval; comprou cremes, vidros de cheiro, sabão, pente e espelho.

Vestiu-se com toda a elegância, penteou-se demoradamente e, assim enfeitada, foi-se postar à janela.

Estava bonita, tinha casa, era rica e, por conseguinte, queria casar-se.

Era a hora em que passavam todos os moços bonitos da cidade, e elegantemente trajados, depois dos trabalhos e ocupações do dia.

O primeiro que passou foi o Dr. Cavalo, um formoso fidalgo. Lançou-lhe um olhar e dona Carochinha perguntou:

— Quem quer casar com dona Carochinha, tão bonitinha, que tem dinheiro na caixinha?

— Eu quero... — respondeu.

— Como fazes de noite?

O Dr. Cavalo relinchou, espantando a jovem dama, que retorquiu assustada:

— Não quero, não, porque de noite tu me acordas.

Pouco depois, dobrando a esquina, veio o barão Boi, num andar lento, como personagem grave e sisudo que era.

Chegando perto da casa, dona Carochinha falou-lhe:

— Quem quer casar com dona Carochinha, tão bonitinha, que tem dinheiro na caixinha?

— Eu quero...

— Como fazes a noite?

O barão Boi mugiu e ela despachou-o apressadamente:

— Não me serves, não, porque de noite tu me acordas.

Ao Boi sucedeu o comendador Burro, e a rapariga fez-lhe a mesma pergunta.

Depois deste, desfilaram sucessivamente por debaixo da janela de dona Carochinha, o Veado, o Gato, o Cachorro, o Galo e todos os outros animais.

Nenhum deles, a namoradeira, aceitou, receando que os berros, urros, guinchos, cantos, balidos, miados e demais gritos a despertassem no melhor do sono.

A rica proprietária já se achava meio desanimada de encontrar um noivo a seu gosto, quando viu aparecer o Sr. Ratinho, em companhia de seu pai, dom Ratão, sua mãe, dona Ratazana e as meninas Ratas, suas irmãs.

Dona Carochinha sentiu o coração pular quando viu a figura esbelta e os modos engraçados do jovem.

Da mesma forma que os outros, fez a mesma pergunta:

— Quem quer casar com dona Carochinha, tão bonitinha, que tem dinheiro na caixinha?

O senhor Ratinho respondeu:

— Eu quero!

— Como fazes a noite?

O moço fez ouvir o seu Quim... Quim... Quim... muito brando, muito suave.

Carochinha, satisfeita, aceitou-o por noivo e convidou toda a família para entrar.

No dia seguinte, foram às bodas.

O Sr. Ratinho chegou cedo e, enquanto não era hora de irem para a igreja, ficou na casa da noiva, vendo-a tratar do banquete, arregalando os olhos cheios de cobiça, gulosamente, quando a viu meter um enorme pedaço de toucinho na panela de feijão.

Fez tudo quanto era possível para desviar a atenção da sua futura esposa, de modo a poder comer o toucinho sem que ela o percebesse. Ainda tinha muita cerimônia e não quis pedi-lo.

Mas a noiva esteve na cozinha até o instante em que tiveram de sair.

O Sr. Ratinho estava desesperado, lembrando-se da sua comida predileta, mas deu o braço à noiva e foram-se.

No meio do caminho, lembrou-se de uma estratégia. Voltando-se para ela, disse:

— Ai, que me esqueci das luvas! Espera um pouco; vou buscá-las.

E saiu correndo rapidamente.

Havia marcado a panela onde estava o toucinho. Chegando à casa, subiu ao caldeirão, que estava no fogo, com o feijão quase pronto, e debruçou-se para apanhar o toucinho. O calor que saía da panela tonteou-o, asfixiando-o, e ele caiu dentro.

Em vão, a noiva e os convidados esperaram horas e horas, mas Ratinho não aparecia. Afinal, desanimados, voltaram todos e dona Baratinha regressou tristemente.

Ao anoitecer, sentindo fome, retirou a panela do fogo e, quando vazou o feijão na terrina, viu o seu noivo boiando. Ratinho estava completamente cozido.

Dona Carochinha chorou muito e nunca mais quis casar-se.

O CANÁRIO

Em um ano de rigorosíssimo inverno, um canário veio bater à janela de um camponês, como que pedindo permissão para entrar.

O bom homem abriu-a e recebeu amistosamente na sua morada a confiante avezinha, que se pôs a comer as migalhas de pão caídas da mesa.

Mas, assim que a primavera apareceu, e que o arvoredo se cobriu de verdejantes folhas, o camponês abriu a janela, e o seu pequeno hóspede voou para a floresta próxima, onde começou a cantar alegremente.

Voltou o inverno, e o passarinho regressou também, trazendo consigo a sua pequena companheira. O camponês e seus filhos gostavam de ver como os pássaros olhavam para eles com grande confiança.

— Ah! — disse uma das crianças — Eles olham para nós, como se quisessem dizer alguma coisa.

— Sim — suplicou o pai — se pudessem falar, diriam: — A confiança desperta a confiança e a afeição produz a afeição.

BRANCA COMO A NEVE

A rainha Laurinda era a soberana mais estimada do mundo, por sua bondade, virtude e bom coração. Para ser completamente feliz, só uma coisa desejava — ter filhos.

Numa noite de inverno, trabalhava no bastidor de bordar, cuja madeira era ébano. De tempos em tempos, olhava pela janela aberta, vendo cair lá fora os flocos de neve.

Distraindo-se, espetou o dedo, em cuja extremidade apareceu uma pequenina gota de sangue.

— Ah! — disse ela. — Como desejaria ter uma filha, cujos lábios fossem vermelhos como este sangue, as faces brancas como a neve e os cabelos negros como ébano!

Algum tempo depois, seus desejos foram satisfeitos. Nasceu-lhe uma linda criancinha, que tinha lábios rubros, faces níveas e cabelos pretos.

Mas a feliz mãe não gozou durante muito tempo da sua alegria. Morreu: e o rei, logo depois, casou-se com uma mulher de rara beleza e de orgulho não menos extraordinário.

Essa mulher era tão orgulhosa, que se julgava a pessoa mais formosa de todo o mundo. Algumas vezes, encerrava-se no seu quarto e, pondo-se em frente a um espelho mágico, perguntava:

"Oh! Fiel espelho meu
Diga-me depressa, vem:
Há mulher mais bela que eu?

E o espelho respondia:

Ninguém! Ninguém!"

Entretanto, Branca de Neve crescia e tornava-se, a cada dia, mais graciosa e encantadora.
Não tinha ainda sete anos e ninguém podia vê-la sem ficar admirado.
Uma ocasião, a orgulhosa rainha, sentando-se de novo diante do espelho, perguntou:

*"Oh! Fiel espelho meu
Diga-me depressa, vem:
Há mulher mais bela que eu?..."*

O espelho respondeu desta vez:

*"Sim, agora existe alguém.
Pois, Branca te sucedeu!"*

A altiva rainha sentiu uma dor profunda no coração, como se lhe houvessem enterrado um punhal.
Concebeu ódio mortal à inocente, Branca e, no ardor desse ódio, não podia encontrar repouso.
Um dia, não podendo mais, chamou um dos seus criados:
— É preciso que Branca pereça. Leve-a para a floresta e a mate. Para prova de que minhas ordens foram cumpridas pontualmente, quero que me traga seu fígado e seus pulmões.
O criado levou Branca ao interior da mata e tirou a faca para executar o crime que lhe ordenaram. A boa criança chorava e suplicava que tivesse piedade dela, que desejava viver!...
As suas súplicas, os seus olhares, comoveram tanto o lacaio encarregado de ser o seu carrasco, que murmurou consigo mesmo:
— Não, não posso derramar o sangue desta inocente criança. A abandonarei aqui no mato. Se os animais selvagens a devorarem, o crime será da rainha e não meu.
Assim o fez. Em seguida, matou um cabrito, tirou-lhe o fígado e os pulmões, e levou-os à rainha, que exclamou com feroz orgulho:
— Enfim! Minha rival morreu e nenhuma outra mulher do mundo é mais bela do que eu!

A pobre Branca de Neve, abandonada na floresta, não tinha morrido, mas sentia-se inquieta.

Pela primeira vez na vida, caminhava com os seus delicados pezinhos, sobre duras pedras e espinhos, que lhe despedaçavam os vestidos. Encontrou vários animais ferozes, mas que lhe não fizeram mal algum. À sua vista, afastavam-se e ela caminhou durante todo o dia, atravessando montanhas.

À noite, avistou uma casinha, onde tudo se achava em ordem, com capricho e cuidado. Aí encontrou uma mesa posta e, sobre esta mesinha, coberta com uma toalha, viu sete pequeninos pratos, sete pequeninos talheres, sete pequeninos copos e no outro aposento, sete pequeninos leitos.

Branca comeu um pouco de cada um dos pratinhos, bebeu uma gota de cada copo, depois deitou-se numa das sete caminhas, fez sua oração e adormeceu, serena e profundamente.

Alguns momentos depois, os donos da casinha entraram. Eram sete pequeninos mineiros, os anõezinhos da montanha, trazendo a sua lâmpada à cintura. Perceberam que alguém ali havia entrado.

Um deles falou:

— Quem comeu um pedaço do meu pão?

E os outros, sucessivamente:

— Quem pegou no meu garfo?

— Quem comeu os meus legumes?

— Quem bebeu o meu vinho?

E, finalmente, um deles:

— Olhem quem está deitada no meu leito!

Reuniram-se todos, então, em torno do leito onde Branca dormia.

À claridade das lâmpadas, contemplaram com uma agradável surpresa a boa e formosa criança. Em seguida, afastaram-se silenciosamente, sem fazer o menor ruído, a fim de não lhe perturbarem o sono.

No dia seguinte, pela manhã, ao despertar, Branca de Neve ficou um pouco amedrontada quando viu perto dela os sete anõezinhos da montanha.

Eles, porém, disseram-lhe suavemente que nada teria a recear, e perguntaram-lhe de onde vinha e como se chamava.

A menina narrou a sua triste história, e os anõezinhos propuseram-lhe:

— Queres ficar conosco e tomar conta da nossa casinha?

— Com muito prazer — respondeu Branca, completamente calma e sossegada por tão bons olhares e palavras amistosas.

Começou a fazer o serviço e continuou-o regularmente todos os dias. Limpava a mobília e preparava a comida. Os anões iam trabalhar nas minas de ouro e de diamantes das montanhas e, de regresso, encontravam tudo em ordem.

Durante esse tempo, a malvada rainha regozijava-se, lembrando-se de que não tinha mais a recear rival alguma.

Um dia, sentou-se em frente ao espelho e interrogou-o:

"*Oh! Fiel espelho meu*
Diga-me depressa, vem:
Há mulher mais bela que eu?..."

E o espelho disse:

"*Sim, ainda existe alguém,*
Porque Branca não morreu!..."

Ouvindo essa resposta, a orgulhosa mulher sentiu o coração despedaçado e novamente resolveu fazer perecer a inocente Branca.

Não encontrava, entretanto, um meio. Dia e noite pensava na execução do seu projeto.

Uma manhã, partiu, disfarçada (a fim de que ninguém a conhecesse), com cabelos postiços e uma máscara de cera, o que lhe dava todas as aparências de uma senhora, vestindo uma roupa grosseira e levando como mercadoria ambulante um cesto onde pusera vários objetos de fantasia.

Transpôs as sete montanhas e bateu à porta da casinha, apregoando:

— Quem compra objetos bonitos?

Os anõezinhos haviam recomendado à menina para desconfiar de qualquer pessoa estranha que ali aparecesse, pois, receavam os emissários da rainha, e a moça prometera ser prudente.

Quando viu as lindas coisas que a mercadora trazia, esqueceu as suas promessas.

— Veja esta cadeia de ouro e este bracelete — disse a pérfida mercadora. — Veja este formoso colar. Quer experimentá-lo? Eu mesmo vou colocá-lo.

Branca consentiu, e a horrível megera estrangulou-a.

— Eis aí — disse ela quando a viu estendida no chão, para castigar a tua beleza.

Depois, foi-se embora.

Quando os anõezinhos chegaram, viram a pobrezinha Branca caída por terra, completamente inanimada.

Apressaram-se em quebrar o tal colar, depois fizeram-na beber algumas gotas de um licor de ouro. Branca começou a respirar, voltou pouco a pouco à vida, e contou aos seus generosos protetores o que lhe havia sucedido.

— Fica certa de que essa malvada mulher — disseram eles —, não é outra senão a tua inimiga, a rainha. Toma cuidado e não abra a porta a ninguém, durante a nossa ausência.

Tornando a entrar no palácio, alegre pelo bom êxito da sua medonha expedição, a rainha sentou-se em frente ao espelho e perguntou:

"Oh! Fiel espelho meu
Diga-me depressa, vem:
Há mulher mais bela que eu?..."

E o espelho disse:

"Sim, ainda existe alguém,
Porque Branca não morreu!..."

— Ah! — exclamou a rainha, num acesso de desespero e raiva – É preciso que ela morra, ainda que eu tenha de sacrificar a minha vida.

Vestiu-se como uma camponesa, encheu um cesto de frutas saborosas, entre as quais colocou uma linda maçã, meio envenenada, e partiu.

Foi bater à porta da casinha:

— Quem compra boas frutas?

— Retire-se — disse Branca, chegando à janela. — Não posso deixar entrar aqui pessoa alguma e também nada posso comprar.

— Pois, sim — disse a falsa camponesa. Não me custará vender tão excelentes frutas. Mas, como a menina é tão formosa, ofereço-lhe esta maçã.

— Muito obrigada, não posso aceitar.

— Pensa que ela está envenenada? Olhe, a prova está aqui. E comeu um pedaço do lado bom.

Branca deixou-se tentar e comeu o outro pedaço. Caiu morta.

— Eis aí para castigar a beleza mais extraordinária do mundo. — Disse a rainha.

Chegando ao palácio, dirigiu-se ao seu espelho:

"Oh! Fiel espelho meu
Diga-me depressa, vem:
Há mulher mais bela que eu?..."

E o espelho respondeu:

"Ninguém! Ninguém!..."

— Enfim. — Exclamou ela, com feroz satisfação. — Eis-me sem rival no mundo.

Entretanto, os anõezinhos estavam desolados. Em vão, haviam tentado reanimar Branca, fazendo-a beber o seu licor de ouro, e outros, ainda mais poderosos. Branca conservava-se fria e inanimada.

Choraram em companhia dos passarinhos da floresta, durante três dias e três noites.

Contudo, não a julgaram morta, porque o rosto conservava a mesma frescura que tivera em vida.

Em vista disso, não quiseram enterrá-la e mandaram fazer um esquife de cristal onde a colocaram e no qual fizeram inscrever as seguintes palavras: — Aqui repousa uma princesa real.

Puseram esse esquife em uma das sete montanhas, devendo um deles vigiá-lo constantemente.

Branca permaneceu aí durante anos sem que se notasse a menor alteração do seu rosto. Os seus longos e belos cabelos eram sempre negros, as faces brancas, os lábios vermelhos.

Um dia, o filho de um rei, tendo-se perdido na caça, atravessou as sete montanhas e viu o esquife.

Pediu aos anõezinhos que lhe cedessem, por qualquer preço que fosse, mas eles disseram:

— Possuímos imensa quantidade de metais, mas nem por todo o ouro do mundo seríamos capazes de nos separar desse esquife, que é nosso tesouro.

— Pois bem — disse o príncipe. — Então, peço-lhes que me deem. Eu, de hoje em diante, não poderei mais viver sem esta fisionomia encantadora. Colocarei o esquife no mais luxuoso dos aposentos do meu palácio e o venerarei dia e noite. Cedam-no, por favor.

Os anõezinhos, comovidos por esse pedido sincero, acederam.

Quatro homens da comitiva do príncipe tiveram ordem de transportar o esquife para o palácio. Caminhando, um dele, tropeçou em uma raiz, dando tal impulso no esquife, que o pedaço da maçã envenenada, ainda na boca de Branca, caiu.

Imediatamente, a mocinha abriu os olhos. Estava salva! Ressuscitara!

O príncipe levou-a para o castelo e resolveu desposá-la.

As festas do casamento celebraram-se com grande pompa, luxo e solenidade, tendo sido convidados para elas os soberanos de várias nações.

Nesse número estava a malvada rainha.

Quando acabou de se vestir esplendidamente, desejosa de maravilhar todo o mundo, dirigiu-se ao espelho:

"*Oh! Fiel espelho meu
Diga-me depressa, vem:
Há mulher mais bela que eu?...*"
E o espelho falou:

"*Sim, ainda existe alguém,
Porque Branca não morreu!...*"

A rainha cruel estremeceu e descorou. Os seus crimes deviam ser conhecidos. Recordando-se da ordem que havia dado ao seu lacaio, e das tentativas que fizera nas sete montanhas, foi possuída de tal pânico, que caiu fulminada.

Branca sobreviveu ainda durante muito tempo, amada e respeitada, e no seu rico palácio de rainha, não esqueceu os anõezinhos, seus benfeitores.

BERTA, A ESPERTA

Berta era uma mocinha interessante, filha de camponeses pouco abastados. Quando cresceu, o pai falou à mulher:

— Precisamos casá-la.

— Sim — respondeu a mãe —, contanto que encontremos um rapaz digno dela.

Um moço chamado Bruno apresentou-se. Era excelente partido. Desejava Berta, mas antes de tudo, quis saber se ela era previdente.

— Fique certo de que é muito ajuizada.

— Muito bem! Retorquiu Bruno — lembrem-se, porém, que se não for previdente, não me casarei com ela.

À hora do jantar, disseram-lhe que descesse à adega e trouxesse vinho.

Berta apanhou uma caneca, desceu as escadas, colocou uma cadeira em frente ao tonel, sentou-se, para não se abaixar, porque, abaixando-se, pensava, podia ficar doente.

Em seguida, pôs a vasilha debaixo da torneira e esperou que enchesse.

Enquanto esperava, começou a olhar para um e outro lado e viu um machado, esquecido no teto da adega.

— Ah! — exclamou — se eu me casar com Bruno, e tivermos filho, e se um dia mandarmos o pobrezinho buscar vinho, aquele machado pode cair-lhe sobre a cabeça e matá-lo!

Fazendo essas dolorosas considerações, começou a chorar.

Entretanto, os pais, vendo que ela não voltava, mandaram a criada ver o que havia sucedido.

A criada achou-a sentada, chorando amargamente e perguntou-lhe o que tinha:

— Ah! — disse Berta. — Se me casar com Bruno, e tivermos um filho, e se um dia mandarmos o pobrezinho buscar vinho, esse machado poderá cair-lhe sobre a cabeça e matá-lo.

— Há razão para lhe chamarem Berta, a esperta.

E com a ideia da desgraça prevista por sua ama, começou também a chorar.

— Mas estou com sede! — disse o pai — e não me trazem vinho!

Mandou o criado ver o que se passava na adega.

O criado desceu e viu a mocinha chorando com a criada.

Berta disse-lhe a causa da sua dor.

— Há razão para lhe chamarem Berta, a esperta!

E pôs-se a chorar com elas.

— Mas — dizia o pai —, estranho que ninguém volte da adega! Vai tu, mulher, e faze com que venha enfim o vinho!

Berta contou a sua mãe a ideia que lhe despertara o machado esquecido.

— Ah! — exclamou a mãe — Como temos razão para te chamar Berta, a esperta!

E começou a chorar.

O pai, impaciente, desceu em pessoa à adega, soube da causa das lágrimas da filha e sentou-se ao seu lado a soluçar.

O genro, que esperava na sala de jantar, decidiu-se a descer também. Viu seus futuros sogros, sua noiva e seus criados chorando e indagou o que motivara um tal pesar.

— Olha para este machado, Bruno. Se nós nos casarmos e tivermos um filho, e se o mandarmos à adega o machado poderá cair-lhe sobre a cabeça e matá-lo.

— Muito bem! Tu és previdente, que não posso desejar mais. És, na verdade, Berta, a esperta. Casarei contigo.

Tomou-a pela mão, conduziu-a à sala de jantar e as bodas foram preparadas.

Meses depois de casados, Bruno disse uma manhã à sua mulher:

— Tenho de tratar de alguns negócios, um pouco longe daqui. Demorarei fora. Durante esse tempo, dirigi-te ao campo, vai colher trigo, para fazer pão.

— Com muito prazer — retorquiu ela.

Como era muito previdente, preparou um farnel de comida e, quando chegou ao campo, interrogou-se a si mesma:
— Que devo fazer em primeiro lugar? Comer ou trabalhar?... Primeiro, comer: é um alvitre.
Após ter merendado, como era previdente, pensou também que seria uma boa precaução descansar. Deitou-se entre os trigos e adormeceu.
Voltando à casa, Bruno, não encontrando a mulher, disse:
— Oh! Como é trabalhadeira a minha querida Berta! Nem teve tempo de vir a casa jantar!
À noite, não tendo aparecido ainda, o marido decidiu-se a ir buscá-la no campo.
Ali chegando, viu que nada havia sido feito, e que dormia sossegada no meio do trigo.
Correu à casa, trouxe um boné cheio de guizos e colocou-o sobre a cabeça da mocinha. Voltando, fechou a porta e pôs-se à espera.
Quando despertou, Berta fez soar todos os guizos do boné. Amedrontada com aquele ruído extraordinário, ignorando se ela era a própria Berta ou uma outra.
Não podendo por si mesma resolver essa questão, dirigiu-se para casa; e, batendo à porta, indagou com voz inquieta:
— Bruno! Bruno! Berta está aí?
— Está — respondeu ele.
— Ai — exclamou a pobre rapariga. — Então não sou mais a Berta!
Quis fazer a mesma pergunta em outras casas, mas, assim que se aproximava, todos fugiam espavoridos.
Saiu da aldeia e nunca mais se ouviu falar dela.

O FRADE E O PASSARINHO

Em um mosteiro da Europa vivia um jovem frade, muito compassivo e estudioso, chamado Urbano, encarregado da importantíssima biblioteca do convento. Era aí que vivia a maior parte do tempo, estudando, lendo preciosos livros, escrevendo.
Um dia, estando a ler, encontrou as seguintes palavras de São Paulo: "Diante de Deus, mil anos são como um dia ou como uma vigília noturna."
Não podia acreditar na verdade dessa sentença e, gravemente, durante muito tempo, nela pensou.
Na manhã seguinte, passeava pelo jardim quando avistou um lindo passarinho, que ora saltava pelo chão, ora pulava sobre os ramos de algum arbusto aqui e ali, cantando maviosamente como um rouxinol.

Seduzido, atraído pela suavidade daquela música encantadora, Urbano seguiu a avezinha, primeiro pelo prado, depois pela floresta, resolvendo em seguida regressar para o seu mosteiro.

Mas, qual não foi a sua surpresa quando não tornou a vê-lo! Em poucos instantes, que prodigiosas mudanças! O jardim fora aumentando; o convento também estava maior e por cima das suas espessas paredes, ostentava-se um magnífico campanário.

Urbano adiantou-se estupefato. Bateu à porta e o irmão porteiro que lhe veio abrir era-lhe inteiramente desconhecido. Entrou no cemitério e viu um túmulo que nunca vira, nomes que jamais conhecera.

Os religiosos reuniram-se em torno dele, que os olhava com espanto, porque não conhecera um só sequer e todos também o contemplavam pasmados, perguntando-se quem seria aquele velho.

Trazia o hábito da ordem, mas a sua figura apresentava estranho aspecto: longos cabelos de neve caíam sobre o seu capuz, e uma barba branquíssima descia-lhe até à cintura, donde pendia a chave da biblioteca.

Conduziram-no para junto do abade, que lhe perguntou quem era, como se chamava e de onde vinha.

Urbano, surpreendido por aquele interrogatório, respondeu, entretanto, surpreendendo igualmente o abade pelas suas perguntas.

Um religioso lembrou-se de haver lido, numa antiga crônica do mosteiro, um fato singular, ao qual se achava ligado o nome de Urbano.

Procuraram o alfarrábio. Leram que um jovem frade, encarregado da biblioteca, havia desaparecido subitamente, sem que pessoa alguma jamais soubesse o que lhe sucedera.

Desde aquele dia, trezentos anos se haviam passado.

O bom Urbano, que pensava não ter seguido senão alguns instantes o harmonioso passarinho, havia ficado três séculos a escutá-lo.

Então compreendeu como milhares e milhares de anos escoam diante de Deus, como se fossem minutos no círculo sem fim da Eternidade.

QUEM DEUS AJUDA

Venceslau e Bonifácio encontraram-se uma vez na estrada. Ambos moravam na mesma aldeia, conhecendo-se desde muitos anos, porque a fortuna não lhes sorria, iam em busca de sorte mais propícia. O primeiro guiava um burro carregado de fazendas, que ia vender de vila em vila, e Bonifácio, pobre, caminhava sozinho, arrastando grosso cacete.

Propuseram-se seguir viagem juntos, e começaram a caminhar, conversando sobre as dificuldades de vida com que lutavam, lastimando-se o segundo, como sendo tão trabalhador, acordando sempre muito cedo, trabalhando incansavelmente, nunca saía da miséria.

— Mais vale quem Deus ajuda, do que quem cedo madruga... — disse sentenciosamente Venceslau.
— Qual! — retorquiu o outro. — Mais vale quem cedo madruga. Deus não se mete nos negócios da gente!
Discutiram por muito tempo, enquanto caminhavam.
Nenhum se convencia da opinião contrária, e para que aquilo não se prolongasse, apostaram. Colheriam a opinião da primeira meia dúzia de pessoas que encontrassem, perdendo Venceslau o burro e as mercadorias, se a maioria não fosse da sua opinião.
Um por um, foram consultados seis homens com quem sucessivamente toparam. Bonifácio era quem fazia a pergunta, e como indagava com a voz arrogante, manejando o grosso cacete, eram todos da sua opinião. — Mais vale quem cedo madruga, do que quem Deus ajuda.
Em vista disso, Venceslau, perdendo a aposta, não teve remédio senão entregar o animal e as fazendas ao companheiro, que seguiu satisfeitíssimo, separando-se dele.
Mas nem por isso desanimou, embora se sentisse triste, lembrando-se de que perdera o fruto de anos de trabalho e economia.
Ao anoitecer, morto de fadiga, deitou-se sobre uma grande pedra, que havia no meio do caminho, em uma espécie de gruta natural. Achava-se dormindo tranquilamente, quando ouviu um grande barulho de passos e vozes que discutiam.
Receou que se tratasse de uma numerosa quadrilha de ladrões e deixou-se ficar imóvel, sustendo a respiração.
Prestando ouvidos, distinguiu o que se dizia. Era um conclave de demônios, que ali se reuniam todas as noites, em assembleia, para tratarem de negócios e discutirem.
— Por que razão será que a cidade de Santanópolis está flagelada por uma terrível seca? — indagou um deles. — Não há meio de aparecer água, em parte alguma, por mais que os engenheiros estudem e trabalhem.
— Fui eu quem encantou a cidade — respondeu o chefe dos diabos. — Para aparecer, basta que uma pessoa bata com um martelo na pedra que existe na montanha, e logo jorrará uma fonte abundantíssima. Ninguém sabe, porém, o segredo, e Santanópolis continuará a ser vitimada.
— E por que é que a filha do rei está doente, quase a morrer? Todos os médicos têm sido chamados e nenhum deles compreende a moléstia. O soberano está desesperado...
— Ora! Os médicos são uns ignorantes de marca maior — retorquiu o príncipe das trevas. — A jovem princesa tem uma solitária. Se a mer-

gulhassem em uma tina de leite, a solitária atraída pelo cheiro, sairá e ela ficará completamente restabelecida.

Venceslau ouviu tudo. Durante muito tempo, os demônios continuaram a confabular, mas nada mais disseram de interessante.

Pela manhã, assim que rompeu a aurora, os diabos fugiram. Venceslau levantou-se e dirigiu-se para Santanópolis.

Aí chegando, certificou-se da seca e, dirigindo-se aos engenheiros do governo, propôs-lhes abastecer a cidade dentro de cinco minutos se lhe dessem grande quantia.

Aceita a proposta, fez retirar todos os operários, bateu com o martelo na pedra e a água correu.

A cidade estava de luto. Reinava o desespero, porque a jovem princesa, amada por todos, boa, meiga, virtuosa e pura, agonizava. O soberano havia prometido todas as honras e grande fortuna a quem a salvasse.

Venceslau apresentou-se, fingiu examinar a enferma e declarou que estava com solitária. Mandou vir leite, com que encheu uma banheira, e nela mergulhou a moça.

Atraída pelo cheiro, a solitária começou a sair — mais de vinte metros tinha o verme. Desde logo, a princesa voltou à vida e sentiu-se bem disposta, jantando com devorador apetite.

O rei, agradecido, concedeu ao aldeão carta de nobreza e deu-lhe imensos tesouros.

Voltava ele para a sua aldeia, rico e feliz, quando se encontrou com Bonifácio. O companheiro estava em estado deplorável, abatido, prostrado, na mais completa miséria.

Fora atacado por bandidos, que lhe roubaram tudo quanto possuía e não conseguia achar trabalho em parte alguma. Mas não se achava curado ainda, e repetiu:

— Mais vale quem cedo madruga, do que quem Deus ajuda.

Venceslau contou-lhe as suas felicidades e ele resolveu ir pernoitar na gruta de pedra, esperando ouvir a conversa dos demônios.

Achava-se instalado, quando chegaram os diabos.

Antes de começarem a assembleia, disse o chefe:

— Acho bom examinarmos se haverá por acaso algum indiscreto, ouvindo-nos. Em Santanópolis já há água e a filha do rei está curada. Com certeza foi alguém que ouviu a nossa conversa, na última reunião.

O desgraçado não pôde fugir.

Os demônios, encontrando-o, moeram-no de pancadas; e o pobre aldeão, agonizando, exclamou, a expirar:

— Ah! Venceslau tinha razão! Mais vale quem Deus ajuda do que quem cedo madruga!...

A IGREJA DO REI

Um poderoso monarca de um grande país, desejou mandar reconstruir uma suntuosa igreja. Em virtude de formal sentença, nenhuma outra pessoa, a não ser ele, podia contribuir para essa edificação. Nenhum dos vassalos tinha o direito de dar nem um vintém.

Quando a catedral ficou pronta — esplêndido edifício de magnífica arquitetura — o rei mandou gravar no frontispício, sobre uma placa de mármore, uma inscrição em letras de ouro, declarando que ele, somente ele, tinha concretizado aquela obra, e nenhuma outra pessoa havia cooperado para aquele fim.

Durante a noite, porém, o nome do rei foi substituído pelo de uma mulher do povo. O soberano mandou gravar novamente o seu nome, e na noite seguinte deu-se nova substituição. Três vezes sua majestade mandou inscrevê-lo, e três vezes apareceu o da humilde mulherzinha.

Então, o monarca julgou ver naquele fato estranho o dedo de Deus e ordenou que trouxessem à sua presença a pobre mulher.

Trêmula, receosa, confusa, ela compareceu ao palácio.

— Não sabes — disse ele — que proibi terminante e formalmente a quem quer que fosse contribuir para a edificação da minha igreja? Acaso infringiste a minha ordem?

— Piedade — respondeu ela, caindo de joelhos. — Piedade, poderoso monarca! Confessarei a verdade. Sou uma pobre mulher, muito pobre mesmo, que vive do seu trabalho. Fiando noite e dia, ganho apenas para meu sustento. Entretanto, possuía um vintém e quis oferecê-lo às vossas obras. Então, com o vintém, comprei um pouco de feno, dei-o aos bois que conduziam os materiais para a catedral, e os animais comeram. Eis aí como pude fazer a minha oferenda, sem vos desobedecer.

O rei, comovido, viu que aquela humilde criatura, na sua indigência, fizera uma oferenda, sem vos desobedecer.

Arrependeu-se do seu orgulho e recompensou liberalmente a virtude da pobre mulher.

O PÉ DE FEIJÃO

Vivia nos arredores de Londres, há muitos séculos passados, uma pobre viúva que tinha um único filho, chamado Oscar.

Estimava-o tanto, que fazia todas as vontades, nada lhe podendo recusar. Ele tornou-se, por isso, indolente, perdulário, e mesmo extravagante.

Um dia, pela primeira vez, a mãe censurou-o:

— Tu me reduziste à mais extrema pobreza. Não tenho um vintém para comprar pão, e só possuo uma vaca, que me vejo forçada a vender com grande pesar meu.

Oscar sentiu profundo remorso, porque, no fundo, não tinha mau coração.

Pouco depois, pediu-lhe insistentemente que lhe confiasse a vaca, para ir vendê-la na aldeia vizinha.

A princípio, a senhora não quis confiar-lhe aquele negócio, mas ele tanto insistiu, que afinal cedeu, como, aliás, cedia sempre a todas as suas vontades.

Pôs-se a caminho e encontrou um lavrador que trazia alguns caroços de feijão de diferentes cores e tamanhos, e de formas esquisitas.

O agricultor conhecia o espírito frívolo de Oscar. Mostrou-lhe os feijões como um dos legumes mais preciosos e fez-lhe tal narração, que o inocente rapaz se ofereceu para lhe dar a vaca em troca.

O esperto roceiro, após se ter feito rogar, consentiu.

O mancebo voltou alegre para casa, anunciando a bela transação que fez.

— Tolo! — exclamou a mãe, quando ele lhe contou o negócio realizado — como foi que te deixaste enganar tão totalmente por um embusteiro daquela ordem?

Encolerizada, lançou os feijões pela janela e pôs-se a chorar. O filho em vão tentou consolá-la, mas a pobre suspirava, dizendo que nada mais possuía.

Com efeito, nada lhe restava e, nessa noite, tiveram que dormir sem ceia.

No dia seguinte, pela manhã, Oscar ficou muito admirado por ver a janela do seu quarto tapada por um matagal espesso.

Desceu ao jardim e viu que um dos caroços de feijão tinha germinado durante a noite e tomado extraordinário desenvolvimento. O tronco era grosso como uma árvore, e os ramos superiores tocavam as nuvens, além de serem entrelaçados uns nos outros.

Era um rapaz corajoso e amante de aventuras, resolveu subir até a extremidade daquelas prodigiosas plantas e comunicou tal desejo à sua mãe, que inutilmente tentou dissuadi-lo daquela ideia.

Apesar do terror e das súplicas da pobre viúva, começou a subir e, poucas horas depois, chegou ao topo da árvore.

Aí, sentiu-se transportado a um lugar muito longe. Olhando em torno, viu uma região estranha, imensa terra deserta, sem uma casa, um único vivente.

Sentou-se tristemente sobre uma pedra, pensando em sua mãe, lastimando-se por tê-la desobedecido, e imaginando que estava destinado a morrer de fome nesse árido país.

Não obstante, começou a caminhar para tentar alguma boa descoberta e ver se encontrava alguma coisa para comer e um pouco de água fresca.

A poucos passos, viu uma formosíssima moça, elegantemente vestida, que passeava sozinha, trazendo uma varinha na mão.

Oscar, que não era tímido, dirigiu-se ao encontro e contou-lhe a história dos feijões.

— Lembras-te de teu pai?

— Não, minha senhora — replicou ele. — Mas estou certo de que há na sua vida alguma coisa misteriosa, porque, todas as vezes que falo dele, mamãe começa a chorar, sem querer dizer-me a causa.

— Ela não pôde dizê-lo, mas eu posso. Sou a fada que estava encarregada de velar por ele. As fadas, do mesmo modo que mortais, são submetidas a certas e determinadas leis. Por uma falta que cometi, fiquei privada do meu poder por muitos anos. Não pude socorrer teu pai justamente quando ele mais necessitava de mim, e ele morreu!

A fada tinha tão dolorosa expressão fisionômica, que o moço se comoveu. Olhou-a com sentimento de gratidão e pediu-lhe para continuar.

— Falarei — disse ela — mas com a condição de que me obedecerás cegamente. Do contrário, morrerás.

Oscar, vendo que dali podia tirar proveito, prometeu, empenhando a sua palavra de honra.

— Teu pai era um homem de bom coração e vivia tendo grandes fortunas, excelente esposa e criados fiéis. Por sua desgraça, tinha um amigo pérfido, um gigante, a quem havia prestado relevantes serviços. Esse monstro despojou-o dos seus bens, matou-o e fez tua mãe jurar nunca revelar essa terrível história, ameaçando matá-la, se quebrasse o seu juramento. Depois, expulsou-vos da casa em que nasceste. Eu não podia auxiliar-te, senão quando tivesses vendido a vaca. Fui eu quem te suscitou a ideia de trocá-la pelos caroços de feijão, e o desejo de subir, até aqui, onde reside o abominável gigante. És tu que deves vingar a morte de teu pai livrar o mundo de um celerado que só pratica o mal. Se apossara da casa do gigante e de tudo quanto possui, porque tudo isso pertenceu a teu pai. Agora, adeus! Nada digas do que acabo de contar-te, senão se arrependerá. Podes ir.

— Para onde — indagou.

— Sempre em frente, até encontrares a casa onde reside o gigante. Se detiver alguma dificuldade, virei em teu auxílio. Adeus.

A fada desapareceu.

O aventuroso mancebo caminhou sem parar até o anoitecer, quando avistou diante de si uma grande casa.

À porta encontrou uma mulher de agradável aparência. Dirigiu-se a ela, perguntando-lhe se podia dar-lhe um pedaço de pão.

— Como foi que o senhor veio parar aqui? Ninguém ousa aproximar-se desta habitação, porque sabem que nela existe um enorme gigante, que só se alimenta de carne humana. Foi para procurá-la, que saiu de manhã.

Tais palavras não eram muito animadoras, mas o moço esperava subtrair-se ao feroz apetite do gigante e disse-lhe:

— Tenha compaixão de mim, conceda-me um asilo esta noite e esconda-me onde quiser.

A mulher do antropófago acedeu ao pedido do moço, porque era generosa e criativa.

Fê-lo entrar em uma comprida galeria, separada por uma grade de ferro, onde estavam os desvalidos que o gigante destinava às suas horríveis refeições.

Ouvindo os gemidos e os gritos das pobres vítimas, Oscar empalideceu. Neste momento, desejou achar-se ao lado de sua mãe. Receava que a mulher do gigante, com a sua aparência de bondade, lhe houvesse aberto a porta para prendê-lo também na fatal masmorra.

A mulher, contudo, mandou-o sentar-se e deu-lhe de comer e beber. O rapaz começava a se acalmar, quando bateram à porta, com tal força que toda a casa estremeceu.

— Ah! — exclamou a pobre mulher, tremendo de medo. — O gigante! Se o vê, me matará.

— Esconda-me na chaminé.

Ela ocultou-o no fogão, que havia muito tempo não acendia.

Pouco depois, ouviu os passos pesados do gigante e a sua voz retumbante. Mais tarde, viu-o, por um buraquinho, sentar-se à mesa, e ficou admirado da fabulosa quantidade de alimentos e bebidas que devorava.

Após haver saciado o seu formidável apetite, bradou uma voz de trovão, para a mulher:

— Traz-me a minha galinha.

Ela obedeceu prontamente e trouxe-lhe uma galinha, grande e gorda, que o gigante colocou sobre a mesa, ordenando:

— Põe!

A galinha pôs um enorme ovo de ouro.

— Ouro — disse ele — outro ainda! E todas as vezes que repetia aquela ordem, a ave deitava um ovo enorme.

O gigante esteve a se divertir durante algum tempo. Em seguida, minutos depois, roncava como um trovão.

Oscar, vendo-o engolfado em tão profundo sono, saiu do seu esconderijo, roubou-lhe a galinha e fugiu.

Encontrou facilmente o caminho de onde viera, desceu pelo pé de feijão e chegou à casa.

Sua mãe abraçou-o, chorando de alegria.

Entretanto, não sabia o que fizera o filho durante a sua ausência e receou que houvesse praticado alguma ação má.

— Sossega, mamãe, e olha — disse ele.

E colocou a galinha sobre a mesa, ordenando:

— Põe!

Tanto repetiu esta palavra, quantas vezes a galinha deitou um ovo de ouro.

Com a venda daqueles ovos, possuiu meios para viver feliz e tranquilamente com sua mãe.

Alguns meses mais tarde, teve novamente desejos de subir pelo pé de feijão e arrebatar algum outro tesouro ao feroz gigante.

Quis regressar ao estranho país, onde tivera tão viva, emoções.

Disfarçou o rosto, vestiu uma roupa que nunca usou e, persuadido de que ninguém conseguiria de reconhecê-lo, acordou muito cedo, desceu ao jardim e subiu pelo pé de feijão.

Chegando ao termo da sua excursão, estava cansado e tinha fome. Sentou-se algum tempo sobre a pedra, depois dirigiu-se para a residência do gigante.

Como da primeira vez, a mulher estava à porta. Ele invocou a sua comiseração, dizendo-lhe que estava a morrer de fome e estava muito cansado.

Ela contou-lhe o mesmo que da primeira vez — que seu marido era um gigante antropófago. Acrescentou que, uma noite, dera hospitalidade a um rapaz e que o ingrato partira, levando um dos tesouros da casa. Desde esse dia, seu marido a maltratava barbaramente, censurando-a sempre por dar hospitalidade a um vagabundo.

Oscar associou-se aos seus pesares e falou-lhe com tal arte, que ela se comoveu, acabando por lhe conceder pousada.

À hora de costume, o gigante entrou e a mulher escondeu o rapaz.

O antropófago sentou-se, sempre fazendo grande barulho.

— Mulher, estou sentindo cheiro de carne fresca!

— São os restos da carcaça que os corvos trouxeram para cima do telhado. Sossegue, que vou preparar a ceia.

Enquanto fazia aquele serviço, o gigante descompunha-a e ameaçava-a com pancadas, dizendo que jamais se consolaria da perda da galinha.

Quando terminou a sua ceia colossal, ordenou-lhe:
— Traze-me alguma coisa para me divertir. A minha harpa... não os meus sacos de ouro, que são mais pesados...
Ela obedeceu, e aproximou-se, curvada ao peso de dois enormes sacos cheios de moedas de ouro.
O gigante entornou-as sobre a mesa e pôs-se a contá-las e tilintá-las, dizendo:
— Vai-te embora.
Do lugar onde se achava, o moço viu-o deleitar-se, com alegria de avarento, e desejava retomar aquele dinheiro, sabendo-o parte da fortuna de seu pai.
Após ter contado e recontado, o gigante encheu os dois sacos e colocou-os a seu lado, vigiados por um feroz cão de fila.
Em seguida, adormeceu e o seu ressonar parecia-se com o rugido do oceano revolto.
Oscar saiu, e o cachorro pôs-se a latir furiosamente. Por felicidade, não acordou o amo e o moço atirou-lhe um pedaço de carne.
Então, apanhou os dois sacos e carregou-os. Estavam tão pesados, eram tão grandes, que lhe foram precisos dois dias e duas noites para chegar.
Passado algum tempo, desejou empreender mais uma das suas aventurosas expedições e começou a ascensão.
Avistou a mulher do gigante à porta da casa, e tão bem disfarçado estava que absolutamente não foi reconhecido. Assim que, dirigindo-lhe a palavra, lhe pediu hospedagem, ela disse em tom resoluto que não podia concedê-la. Contou-lhe o que havia ocorrido nas duas vezes anteriores, e protestou que nenhum desconhecido entraria mais em casa.
Oscar suplicou tão humildemente, que ela acabou por ceder, e escondeu-o num caldeirão.
— Sinto cheiro de carne fresca, mulher! — berrou o gigante, entrando. E começou a procurar por toda a casa. Felizmente, não levantou a tampa do caldeirão e, desanimado, foi sentar-se.
Acabado de cear, mandou buscar sua harpa. Tendo-a colocado sobre a mesa, ordenou:
— Toca!
A harpa começou a vibrar sozinha, uma música deliciosa.
O jovem, que era músico, ficou entusiasmado e desejou aquele divino instrumento.
Enquanto as cordas continuavam a vibrar, o gigante adormeceu. A mulher, segundo o seu costume, já se tinha recolhido.

Oscar saiu do caldeirão e arrebatou a harpa. Mas, assim que lhe pôs a mão em cima, ela bradou como se fosse uma pessoa viva:

— Socorro! Socorro! Estão me levando!

A esse apelo, o gigante acordou e viu Oscar, que fugia à toda pressa, levando o instrumento mágico.

— Ah! Ladrão! — exclamou o gigante furioso, que foste tu que me roubaste a minha galinha e os meus sacos de ouro! Espera, que te agarrarei e te comerei vivo!

Mas cambaleava, bêbado, ao passo que o mocinho tinha o pé ligeiro. Correu até o pé de feijão e começou a descer velozmente, sempre agarrado com a harpa que não cessava de tocar, até que ele disse:

— Basta!

Chegou ao jardim e viu sua mãe.

— Mamãe! Mamãe! Dê-me um machado, depressa! Depressa!

Sabia que não tinha um minuto a perder, porque o gigante também descia.

Mas o moço começou a cortar vigorosamente com o machado o pé de feijão e derrubou-o.

O gigante caiu ao chão, para nunca mais se erguer.

Então, apareceu a boa fada, que explicou à mãe de Oscar as aventuras de seu filho, e o pé de feijão desapareceu.

OS PÊSSEGOS

Um pai atencioso trouxe um dia, para seus quatro filhos, belos e saborosos pêssegos. Era a primeira vez que os meninos viam aquela fruta, admirando-lhe o perfume, a cor e a penugem aveludada.

À tarde, o pai perguntou-lhe:

— Então? Comeram os pêssegos que lhes dei?

— Sim! — exclamou o mais velho. — Estava muito bom. Guardei o caroço, vou plantá-lo e ainda espero comer frutos dessa árvore.

— Bem — disse o pai — uma coisa digna de elogios é ser econômico e pensar-se no futuro.

— Eu — falou o mais moço de todos — comi o meu e mamãe ainda me deu metade do dela. Estava doce como açúcar.

— Ah! És um bocadinho guloso, mas na tua idade, desculpável. Espero que os anos venham a corrigir o defeito.

— Eu — falou o terceiro — apanhei o caroço que meu irmãozinho jogou no chão, quebrei-o e encontrei dentro uma amêndoa muito gostosa. Quanto ao meu pêssego, vendi-o e com o dinheiro, posso comprar muitos outros, quando for à cidade.

O pai balançou a cabeça.

— Isso pode parecer uma ideia muito engenhosa, mas preferia ver-te menos calculista e financeiro.
Depois, dirigindo-se ao quarto filho:
— E tu, Edmundo, que fizeste do teu?
— Levei-o ao filho do vizinho, o pobre Jorge, que está doente de cama, com febre. Não queria aceitar, mas deixei-o em cima da cama e vim-me embora.
— Então, meus filhos — perguntou o pai, qual de vocês fez melhor uso dos belos frutos que lhes dei?
— Foi Edmundo!

A MOURA-TORTA

Quando o rei Cobé morreu, subiu ao trono o príncipe Laci, seu filho, moço estimado em toda a nação, pelo seu generoso coração e virtudes magnânimas. Passado o ano de luto da etiqueta, o primeiro-ministro lembrou-lhe a lei pela qual o soberano era obrigado a casar-se, tantas vezes quantas fossem necessárias, até ter um filho, que seria o futuro reinante.

O jovem monarca não amava, não sentia inclinação amorosa por mulher alguma. Inutilmente os conselheiros da coroa enalteciam as belezas e qualidades das princesas dos países vizinhos, mostrando-lhe os retratos.

Faltava pouco para expirar o tempo. Laci passeava incógnito, pela sua capital, como costumava habitualmente para examinar as necessidades de seu povo, quando ao passar pelas margens de um rio, viu uma jovem de radiante formosura, sentada tristemente sobre uma pedra, abrigada à sombra da frondosa árvore.

O rei sentiu-se apaixonado de súbito. Dirigindo-lhe a palavra, disse quem era e pediu-a em casamento. A mocinha, que justamente andava melancólica, porque amava Laci, sem esperança, exultou com o pedido e aceitou-o. O moço soberano, louco de contentamento, fê-la subir para a árvore, recomendando-lhe que não falasse, nem desse sinal de vida, durante a sua ausência, e partiu correndo para o palácio a fim de preparar o cortejo de ministros, grandes do reino, oficiais, pajens camareiros e soldados, que deviam conduzi-la triunfante.

A rapariga esperava quando viu se aproximar da margem do rio, justamente no lugar em que ela estivera sentada, uma escrava moura, senhora e feia, com feições pardas, corcunda, aleijada e de pernas tortas, trazendo à cabeça um pote de barro para apanhar água.

A moura-torta, antes de fazer o serviço a que viera, sentou-se sobre a pedra, a cismar na sua sorte. Olhando casualmente para o rio, na ocasião em que ia encher o pote, viu refletir-se nitidamente na água serena, como se fosse um espelho, a imagem da formosa moça, que estava escondida na árvore, mas que ela não podia ver.

Julgando que era a própria imagem, exclamou indignada, quebrando o cântaro de barro em mil pedaços:

— Que desaforo! Uma moça tão bonita, como eu, carregando água!...

A mocinha conteve a vontade de rir que lhe veio, assistindo àquela cena, enquanto a mulher regressava para casa, onde contou aos amos que escorregara, partindo o vaso.

Deram-lhe um barril de madeira e pouco depois regressava ela ao rio. Novamente, ao chegar à margem, viu a imagem da formosíssima futura rainha desenhar-se na superfície da água, e novamente, acreditando que fosse a sua, exclamou enraivecida:

— Isso não pode ser! Uma jovem deslumbrante como eu, servindo de criada!

Quebrou o barril, batendo repetidas vezes com na pedra, e regressou.

Pela segunda vez, a noiva do soberano quis rir, mas abafou com um lenço a gargalhada que lhe estava prestes a explodir.

Ainda não havia decorrido dez minutos e a moura-torta voltava. Tendo dito aos patrões que o barril também se havia partido, deram-lhe dessa vez um caldeirão de ferro, que a velha carregava a custo, arfando de cansaço.

Aproximou-se do rio e, como sempre, avistou o retrato da moça no espelho d'água. Como das duas vezes antecedentes, falou:

— Não, decididamente sou bela demais para fazer o papel de escrava!...

Atirou o caldeirão contra a pedra, esforçando-se inutilmente para quebrá-lo, batendo com ele repetidamente, fazendo mil caretas, mostrando as suas pernas tortas e a sua corcunda. A moça, de cima da árvore, não pôde mais e rompeu em gargalhadas agudas. A moura-torta, ouvindo-a, voltou-se para cima:

— Olé, sua sirigaita! Pois é você que está aí, fazendo com que quebre as minhas vasilhas!...

Subiu até onde estava a moça e começou a conversar com ela, que tremia, receando-a, ao mesmo tempo, em que se recordava das recomendações do rei. A feiticeira, porém, que não lhe fazia mal algum, ia-a afagando. Sem que a jovem visse, apanhou um grande alfinete e espetou-o na cabeça da moça, que se transformou numa linda pombinha branca.

Horas depois, chegou o rei com numeroso e deslumbrante séquito de carruagens e soldados, bandas de música à frente. A corte estava em festas com a notícia do casamento do seu amante, príncipe.

Quando Laci chegou, e viu a sua noiva que julgou mudada naquela horrível mulher, ficou desesperado. Ela lhe disse que se tinha tornado assim, devido ao longo tempo de espera, exposta ao sol e ao vento, aos quais não estava habituada, o monarca não deu pela substituição.

Como havia prometido esposá-la e já tinha comunicado o consórcio aos grandes do reino, não quis voltar atrás. Embora desgostoso, casou-se.

No dia seguinte, pela manhã, o jardineiro-mor estava trabalhando, quando viu uma pombinha toda branca pousar no arbusto e cantar:

Horteleiro, hortelão, da real horta,
Como é que passa o rei com a moura-torta?

O jardineiro respondeu:

Come bem e passa bem,
Passa vida regalada,
Tão serena e sossegada,
Como no mundo ninguém!...
A pombinha retorquiu:

Ai! Triste de nós, pombinhas,
Que só comemos pedrinhas!...

Foi comunicar ao rei que acabava de ouvir, e Sua Majestade ordenou-lhe que envidasse todos os esforços para agarrá-la.

O jardineiro preparou o laço e no dia imediato a linda avezinha voltou:

Horteleiro, hortelão, da real horta,
Como é que passa o rei com a moura-torta?

O jardineiro respondeu:

Come bem e passa bem,
Passa vida regalada,
Tão serena e sossegada,
Como no mundo ninguém!...

A pombinha retorquiu:

Ai! Triste de nós, pombinhas,

Que só comemos pedrinhas!...

— Põe o teu pezinho aqui, linda pombinha.

— Não, o meu pé não foi feito para laços de barbante! — respondeu ela, voando e desaparecendo.

Novamente, o hortelão foi narrar ao rei o ocorrido, e Laci mandou fazer um laço de prata.

Sucessivamente, a pombinha branca tornou no terceiro, quarto e quinto dia.

Ao laço de prata, passou o hortelão a usar um de ouro e, finalmente, um de brilhantes e pérolas, deixando-se a pombinha agarrar.

O rei, tendo-a em seu poder, ficou satisfeitíssimo e admirado de ouvi-la falar, começou a alisar-lhe as penas, e depois a cabecinha, quando viu o alfinete. Quem teria posto um alfinete na cabecinha de tão linda ave? Não sei como não morreu!

E, segurando-a, delicada e pacientemente, arrancou-o. No mesmo momento, surgiu em sua frente a moça que tinha visto nas margens do rio.

Ela narrou-lhe o episódio sucedido com a moura-torta, e Laci, cheio de satisfação, fez anular o seu casamento com a velha feiticeira, desposando a formosa donzela.

A moura-torta, por castigo de suas bruxarias e falsidades, foi metida em uma barrica cheia de canivetes, espetados com as lâminas pontiagudas do lado de dentro e despenhada de cima de elevada montanha, pela ladeira abaixo, chegando toda estraçalhada.

Laci viveu muitos anos feliz, com sua esposa, sempre estimado por todos os seus súditos.

O URSO E A CARRIÇA

O urso e o lobo passeavam de braço dado pelo bosque, quando ouviram o canto de uma ave.

— Compadre lobo —, disse o urso — quem é que canta assim tão bem?

— É o rei das aves —, respondeu o lobo — é preciso ir cumprimentá-lo.

Era a carriça que estava cantando.

— Nesse caso — disse o urso. — Sua Majestade deve ter um lindo palácio. Ensina-me onde é.

— Esperemos pela rainha, que não tarda do passeio.

Pouco depois, apareceram a rainha e o marido, que vinham com uns bichinhos no bico, para os filhos. O urso ia segui-los, quando o lobo lhe disse:

— Esperemos que saiam.

Repararam bem no lugar onde estava o ninho, e foram diante. Mas o urso não descansou enquanto não voltou. Como o rei e a rainha tinham saído, deitou os olhos para o ninho e viu dentro uns cinco ou seis passarinhos.

— Então, isto é que é palácio? — exclamou o urso. — Vocês não são filhos do rei, mas sim uns bicos muito feios!...

— Não somos filhos do rei! Ah! Não somos! Pois deixa estar que o pagarás, assim que nosso pai voltar!

O lobo e o urso, ouvindo aquelas palavras, começaram a correr e foram se meter na toca.

Os passarinhos continuaram a gritar e a fazer algazarra.

Quando os pais voltaram, disseram-lhes que o urso lhes havia chamado feios e que não eram filhos do rei.

— Não comeremos um só bocadinho do que vocês nos trazem, enquanto o urso não for castigado.

— Deixem estar, que isso tardará — respondeu o pai.

E voando com a mulher até a toca do urso, gritou:

— Grande resmungão, por que é que foste insultar meus filhos? Há de sair cara a brincadeira, porque de hoje em diante a guerra está declarada entre nós.

O urso, no dia seguinte, chamou em seu socorro todos os quadrúpedes.

A carriça reuniu tudo quanto voa, não só as aves pequenas e as grandes, como os insetos com asas.

Na véspera da grande batalha, a carriça enviou espiões para saber quem era o general do exército inimigo; o mosquito era mais esperto de todos. Voou até o bosque onde os inimigos se reuniam e, escondendo-se debaixo de uma folha, ouviu o urso dizer:

— Comadre raposa, tens fama de esperta e ladina, serás tu o general.

— Com muito gosto — respondeu a raposa.

— Mas, qual será o sinal por que havemos de nos guiar?

— Ouçam: tenho a cauda, como sabem, muito grande e felpuda; pois bem: enquanto eu a conservar suspensa, vocês caminhem para a frente, é sinal de que as coisas vão correndo razoavelmente. Mas, se abaixar, quer dizer que a história não cheira bem, e é então, pernas para que vos quero, é tratar cada um de se pôr ao fresco!

Era o que o mosquito queria ouvir. Daí a pouco a carriça sabia tudo.

Apenas rompeu a aurora, todos os bichos correram para o campo de batalha e iam tão depressa, que a terra tremia. A carriça apareceu também nos céus, voando com seu exército, que zumbia a meter medo.

— Maribondo: pousa na cauda da raposa e espeta-lhe o ferrão com toda a força!...

O maribondo assim fez. À primeira ferroada, a raposa estremeceu, mas não baixou a cauda; à segunda, baixou-a um pouquinho; à terceira, não pôde mais; meteu-a entre as pernas, e desatou a fugir, a gemer e a gritar com a dor. Os animais, assim que viram o general fugir, largaram também a correr, sem haver quem pudesse contê-los. Quem ganhou a batalha foi, pois, a carriça.

O rei e a rainha das aves para os filhinhos:

— Vencemos! Vencemos! Toca a beber e a comer com alegria!

— Não, senhor, não comeremos, nem beberemos, enquanto o urso não pedir perdão do que nos disse.

A carriça foi ter com o urso e disse-lhe:

— Sabes que mais velho resmungão? Tens de vir comigo pedir desculpa a meus filhos do que lhes disseste. Se não vens, e já, depois não te queixes!

O Urso foi muito humilde e de rastos foi pedir desculpas aos filhos da carriça, que deram nesse dia um grande banquete a todas as aves.

OS CAIPORISMOS DO ALFAIATE JOÃO

João exercia a profissão de alfaiate. Era um rapaz estimado por todos, vigoroso e ativo. Quando estava sentado no seu banquinho com a agulha na mão, trabalhava com ardor e rapidez; depois jantava com a mesma pressa e, acabando, ia brincar com os companheiros, saltando e correndo.

Só tinha um único defeito — gostava muito do seu violino.

Os milhares de pontos que dava durante o dia não lhe fatigavam a mão; e, assim que acabava a tarefa, apanhava o instrumento. Algumas vezes, mesmo, não resistia ao desejo de tocar, quando seu pai saía. Salvo essa pequena infração aos deveres, o pai nenhuma censura tinha a lhe fazer. Por isso, ao morrer, abençoou-o com toda a alma.

João, que já havia muito tempo tinha perdido sua mãe, achou-se sozinho na casinha com o seu violino e uma pequena e insignificante mobília, que quase nada valia.

Continuou, entretanto, a trabalhar como antigamente. Pouco tempo depois, veio abastecer-se em frente a ele outro alfaiate — também muito trabalhador e homem cheio de empreendimentos, que montou uma bonita e vasta loja, onde necessariamente devia fazer negócio.

João, sem fazer caso disso, prosseguiu sempre no seu serviço. Quando o terminava, ia executar seu violino.

Uma noite, teve um sonho que o impressionou fortemente. Sonhou que, se conseguisse ajuntar cinquenta florins, teria a sua fortuna segura; reduziria ao desespero o seu rival orgulhoso, e tornar-se-ia um personagem tão importante, que os seus concidadãos o elegeriam burgomestre da cidade.

O bom João tinha grande imaginação, fazia muitos castelos no ar, e não duvidou um só instante que o seu sonho se converteria em realidade.

Com esse agradável pensamento, pôs-se a trabalhar com mais afinco.

Os fregueses de Rapps, na Boêmia, que era a sua cidade natal, não pagavam caro pelo seu trabalho; e, cortando desde o amanhecer até à noite, pouquíssimo conseguia fazer.

Mas, como gastava uma insignificância e era severamente econômico, conseguiu juntar, um a um, os cinquenta florins com os quais sonhara.

Já via todos os seus sonhos de ambição realizados e nomeado burgomestre quando uma noite, ao regressar da rua, encontrou a sua casinha arrombada e o seu tesouro roubado.

Feriu-o profundamente aquele golpe e talvez o atribuísse ao seu concorrente, que jamais cessava de espiá-lo em todas as suas mínimas ações. Que fazer, entretanto?

Nenhum indício auxiliava a achar os vestígios do ladrão, e todas as pessoas às quais se queixava censuravam-no pela avareza e imprudência:

— Eis aí, o que é viver miseravelmente e querer entesourar. Você devia pelo menos acender uma luz no quarto, durante a noite. Se os ladrões vissem luz, pensariam que você estava em casa e não ousariam entrar.

— Tem razão. Replicou João. Aproveitarei o conselho.

Desde esse dia, quer estivesse ou não em casa, desde que anoitecia, uma lamparina brilhava perto da janela. As pessoas que passavam, vendo-a, diziam consigo mesmo:

— Como este alfaiate é trabalhador! Há de fazer fortuna, pois deita-se muito tarde e levanta-se cedo.

Por novos esforços de trabalho e economia chegou a reparar o desastre e a ajuntar pela segunda vez a quantia que vira em sonho, e novamente imaginou que seria burgomestre de Rapps.

Uma noite, porém, tendo ido visitar um seu amigo, ao entrar viu a sua loja incendiada e destruído tudo quanto nela havia, inclusive o violino e a caixinha em que guardava o dinheiro.

Que medonha catástrofe! Ficou fulminando.

— É o resultado natural da sua imprudência! Disseram-lhe os vizinhos. — Como é que deixa a vela acesa quando sai e não tem pessoa alguma para vigiar a casa?

João agradeceu-lhes o conselho e protestou que se lembraria.

Como era de caráter enérgico e queria absolutamente ser burgomestre de Rapps, não se deixou abater por esse novo desastre.

Conseguiu pedir emprestado algum dinheiro, montou outra loja e tomou um aprendiz.

A situação, depois disso, não era lisonjeira, porque devia pagar juros fabulosos pela quantia que tomara a um agiota, e tinha ainda que sustentar o aprendiz.

Bem depressa, porém, conseguiu juntar mais uma vez os cinquenta florins, e guardou-os em lugar seguro.

Mas o seu aprendiz, a quem havia confiado o segredo, fugiu um dia, roubando-lhe o dinheiro.

Dessa vez, o pobre João pareceu abatido e desanimou:

— Ora, disse um dos seus amigos, pois desanimas por tão pouco, e a perda de uma tão insignificante quantia aflige-te tanto? Podes ganhar igual soma com teu trabalho. Mas precisas ter a teu lado alguém que te auxilie e não um tratante de um aprendiz. Deves casar-te.

— Casar-me, eu? Mas não é brincadeira! A gente precisa ter dinheiro para comprar roupa nova e mobília e pagar as despesas todas que o casamento traz. Mais tarde virão os gastos com filhos, médico, a botica, a ama de leite — e outras que nunca mais acabam. Numa tal condição de vida, jamais conseguiria juntar os meus cinquenta florins. Não quero mais seguir os conselhos dos meus amigos. Lembraram-se de que devia ter uma lamparina acesa e a casa pegou fogo. Acharam que devia tomar um aprendiz e o aprendiz fugiu, roubando-me. Agora querem induzir-me a uma resolução mais perigosa que as sete pragas do Egito. Não! Não quero ouvir conselhos!

Assim pensando, João pegou na agulha e na linha e começou a trabalhar com atividade para acabar uma roupa que o seu aprendiz prometera entregar naquele dia mesmo.

Enquanto trabalhava, a ideia do casamento despertou-lhe no espírito e, pouco a pouco, pareceu-lhe menos a recear. Começou a sonhar perspectivas risonhas: uma casinha alegre, governada com ordem e economia, os filhinhos bem criados e limpos, e uma esposa carinhosa que aliasse à ternura e ao afeto um regime de vida nova e salutar, e que, ao invés de gastar sozinho, o auxiliasse a ganhar e poupar.

— Sim! Exclamou ele de repente, levantando-se e batendo as mãos. É uma feliz inspiração! Estou decidido! Casar-me-ei!

Durante o tempo em que fizera a sua viagem de aprendiz por diversas cidades da Boêmia, muitas vezes à tarde tomava o seu violino e as mocinhas da aldeia reuniam-se em torno dele e dançavam alegremente. Havia sobretudo uma que ele gostava de ver. Pois, ela executava as suas polcas com animação particular, e também parecia gostar de o ver. Era a filha de um mineiro.

João conservou uma fiel recordação da formosa Clarinda, e disse para si:

— Se ainda estiver solteira e quiser casar comigo, serei feliz.

Partiu.

Dirigiu humildemente o seu pedido e teve a satisfação de se ver graciosamente acolhido.

Os pais de Clarinda tinham, porém, vistas mais largas, porque eram aparentados com as famílias mais importantes do país, e possuíam um filho engenheiro que dirigia uma exploração de minas opulentíssimas, nos montes Cárpatos. Eles mesmos eram ricos.

Haviam sonhado um casamento vantajoso para sua filha, e não podiam conformar-se com a ideia de que ela quisesse unir-se a um pobre alfaiatezinho, de uma aldeia obscura.

Clarinda, entretanto, disse-lhe que amava João, e o casamento realizou-se, indo o casal para Rapps.

A moça era gentil, amorosa, modesta, trabalhadeira e econômica. João não podia fazer melhor escolha, mas havia aprendido, na sua infância, umas tantas máximas errôneas, que achava dever absolutamente pôr em prática. Uma delas era:

"Não confies segredo a mulher alguma."

Em virtude desse princípio, o desconfiado alfaiate não revelou à mulher o seu sonho, nem o motivo das suas economias tão severas.

Trabalhando com um novo ardor, começou a guardar outra vez tudo quanto podia, e para se certificar de que o dinheiro que ia ajuntando não podia ser roubado, trazia-o constantemente consigo, no bolso das calças. Quando se achava a sós, o seu prazer era contá-lo e recontá-lo.

Uma vez, achando-se em atraso, pôs-se a correr, para chegar à loja o quanto antes. Pouco depois, sem parar, tendo metido a mão na algibeira, deu um grito de espanto. O bolso estava furado: acabava de perder o dinheiro.

Mas não foi só isso. Desde esse dia, viu aumentar a freguesia e a prosperidade da loja fronteira.

O rival de João pavoneava-se orgulhosamente. Comprou dois cavalos e um carrinho, para correr a freguesia, e comprava sem cessar novos fornecimentos.

— Ah! — exclamou João desoladamente. Ele é que será o burgomestre de Rapps! O meu sonho era mentiroso!

Clarinda, que sofria vendo-o prostrado, tentou consolá-lo.

Numa ocasião, disse-lhe:

— O que faz a fortuna do nosso vizinho é a sua carruagem. Fatigas-te muito e perdeste muito tempo em ir a pé à casa dos fregueses, e muitas pessoas chegam justamente quando não estás na loja, aborrecem-se esperando-te e vão ao vizinho. Devia pedir emprestado o burro do moleiro e ir diariamente a galope a qualquer ponto da cidade. Assim, pensar-se-ia que tens muitos negócios, que sabes poupar o tempo, além de que esses exercícios fariam bem à tua saúde.

Como a mulher previra, a freguesia voltou com mais força.

As desgraças tinham-no tornado prudente e não quis mais guardar as suas economias nem nos armários, nem nos bolsos. Imaginara um novo meio que lhe pareceu esplêndido, de esconder o dinheiro. Trocava o papel por moedas e costurava uma a uma no forro do boné.

Fez mal, não confiando em sua esposa. Um dia, ao passar junto a um lago, o burro que montava estacou e começou a corcovear. João tinha pregado algumas agulhas e alfinetes nas suas calças, sem se recordar. Assim, quanto mais apertava as pernas na barriga do animal, mais ele pinoteava, até que o cuspiu fora da sela, atirando-o dentro no lago.

João saiu da água, tendo perdido ali seu precioso boné.

Apesar daquela nova contrariedade, João obstinou-se em obedecer à máxima: "Não confies segredo a mulher alguma".

No pátio da casinha, Clarinda tinha alguns vasos com flores.

Foi aí que ele se lembrou de guardar o cobre.

Todas as semanas ia a um deles e enterrava sorrateiramente uma moeda, sempre calmo, achando esplêndida a sua invenção.

Mas, uma tarde, ao entrar em casa, não viu um só dos vasos. Perguntou inquieto à sua esposa, que destino lhes havia dado.

A moça respondeu que, tendo observado que as plantas, em vez de desenvolverem, iam fenecendo, aborreceu-se e lançou os vasos ao rio

— Oh! Sem o saberes, lançando-os ao rio, fizeste perder tudo quanto eu juntava havia muito tempo que devia fazer a minha fortuna, elevando-me à dignidade de burgomestre.

A mulher olhava-o espantada, sem poder compreender o que queria dizer.

O marido contou-lhe, então, o seu sonho e todas as suas desgraças. Ela censurou-o por não depositar confiança nela.

Aconselhou-o tão prudentemente, fez tantos planos de futuro, que João ficou pasmado do tino de sua esposa, e jurava que em toda Boêmia não havia outra mulher como Clarinda.

Desde esse dia, a vida do casal entrou em nova fase. O alfaiate não dava mais um passo sequer, que não consultasse primeiro a esposa.

Trabalhava com mais satisfação, tendo-a junto de si, a auxiliá-lo em todos os misteres da sua profissão, e as encomendas não cessavam de afluir. Bem depressa teve a felicidade de ver novamente em caixa os famosos cinquenta florins. A moça lembrou-se de que, em vez de os aferrolhar inutilmente, devia empregá-los em alguma coisa útil e proveitosa.

Justamente nessa ocasião, teve o ensejo de comprar uma grande peça de pano superior. Pagou-a a vista e fez excelente negócio, de que usufruiu grande lucro.

Este sucesso animou-o e lembrou-se de aumentar a loja, desenvolver o negócio em maior escala. Mas, não possuíam a quantia precisa para esse fim.

Os pais de Clarinda haviam morrido, legando toda a fortuna ao filho, que já havia regressado da exploração das minas dos Cárpatos.

A irmã foi vê-lo, embora soubesse quanto era orgulhoso e como tinha reprovado o seu casamento com o alfaiate.

A princípio, o moço recebeu-a fria e secamente. Ela, porém, teve a habilidade de lhe falar com tanta doçura, que o comoveu e desejou conhecer o cunhado.

Dirigiu-se a Rapps e viu que não tinha sido enganado. João agradou-lhe pelo seu gênio afável, a sua natureza honesta, pelo seu talento de músico.

— Palavra, que queria ver-te tocando na orquestra do imperador! Exclamou o engenheiro entusiasmado. Estou certíssimo de que farias sucesso!

Ao partir, entregou-lhe uma quantia enorme, dizendo:

— É o dote de minha irmã e penso que farás um bom emprego desse dinheiro.

Com aquele capital, João bem depressa eclipsou o seu concorrente, que tantas vezes o havia humilhado.

Adquiriu um belo palacete, vastos armazéns e grande sortimento.

Mais tarde, tornou-se, como havia sonhado, burgomestre de Rapps.

O CASTELO DE KINAST

No vasto e soberbo castelo de Kinast, na Boêmia, atualmente em ruínas, vivia outrora Leona, uma jovem duquesa, de extraordinária formosura, única herdeira de nobre e rica família. Era bela, mas tinha o coração empedernido e era orgulhosa em extremo.

Depois da morte do pai, os velhos e fiéis servidores do castelo pediram-lhe que escolhesse um esposo.

A moça levou-os à beira de um abismo, no cume de um rochedo escarpado, onde o homem mais valente não chegava senão tremendo, e disse-lhes:

— Se houver alguma pessoa que queira desposar-me, é preciso que suba a cavalo até este cimo pontiagudo. Juro, por tudo quanto há de mais santo, que somente aquele que conseguir terá direito de me chamar sua esposa.

Muitos cavalheiros aventuraram-se àquela empresa, mas todos sucumbiram. Uns corriam, seduzidos pela beleza de Leona, outros levados pela ambição, outros arrastados por um sentimento de louco orgulho. E a impiedosa castelã, com a mesma indiferença, viu perecer os que a amavam sinceramente e os que só aspiravam a compartilhar de sua fortuna.

Um dia, três novos cavalheiros quiseram fazer a mesma tentativa. Eram três filhos de uma família poderosa — jovens, belos, valentes. Atraíam todos os olhares, e as preces da multidão os seguiam.

Um, após o outro, tentaram subir o fatal rochedo.

O primeiro não chegara a meio caminho, quando o animal deu um passo em falso e precipitou-se no abismo; o segundo também; o terceiro adiantou-se com mais precauções; e já havia transposto os principais obstáculos e aproximava-se do cimo, quando, de repente, uma planta úmida fê-lo resvalar, e rolou de penhasco em penhasco até o fundo do medonho sorvedouro.

Perante aquele horrível espetáculo, a multidão soltou um grito de dor. A própria Leona sentiu-se comovida, mas bem depressa retomou a sua soberba indiferença e olhou, sem um único estremecimento de coração, os corpos esfacelados daqueles que o aspecto da montanha sanguinolenta não havia amedrontado.

Uma manhã, o som da trompa anunciou a chegada de um estrangeiro. Um cavalheiro entrou no castelo. Trazia uma armadura refulgente, uma pena de águia flutuante no capacete e longos cabelos caíam-lhe sobre os ombros.

Belo, mais belo que todos quantos o haviam precedido, o olhar era orgulhoso, a atitude imponente. A duquesinha, ao vê-lo, sentiu uma sensação estranha que jamais havia experimentado. Quando lhe anunciaram que estava disposto a escalar a montanha, estremeceu, quis demovê-lo daquele propósito, e jurou-lhe fidelidade eterna.

O cavalheiro quis, porém, inabalavelmente tentar a ascensão. Pôs-se a caminho, transpôs os afrontosos trilhos e os rochedos a pique.

Leona seguia-o com olhar ansioso, e contando cada um dos passos do animal, e cada um dos perigos que passavam.

Quando o viu transpor com facilidade os obstáculos, conservar-se de pé no declive mais escarpado, seu coração bateu precípite e ergueu os olhos para o céu. Rezou, esperou, mas logo voltaram novamente as angústias.

Entretanto, o cavalheiro prosseguia a ascensão, subindo de rocha em rocha. De repente, parou. Havia chegado ao cume da montanha e o seu penacho flutuava acima do abismo.

Perante esse espetáculo, a duquesinha caiu de joelhos e a multidão, delirante de alegria, rompeu em aplausos estrepitosos.

Depois, a moça levantou-se e veio radiante ao encontro do estrangeiro.

Ele, porém, repeliu-a desdenhosamente, dizendo:

— Vai-te para longe de mim, mulher miserável, que tantas lágrimas fizestes derramar! Lembras-te dos nobres cavalheiros a quem causaste a morte? Lembras-te desses três irmãos, que sem piedade viste perecer, um após outro? Vim para vingá-los. Queres desposar-me e eu te maldigo.

A essas palavras, afastou-se e a desvalida Leona ficou entregue aos seus pesares e torturada pelos remorsos.

OS ONZE IRMÃOS DA PRINCESA

Existia, longe, muito longe das terras em que vivemos, lá nos sítios para onde fogem as andorinhas quando vem se aproximando o inverno, um soberano que tinha onze filhos e uma afilhada chamada Elisa.

As crianças eram amadas, tanto quanto é possível. Mas aquele bem não podia durar muito. O rei, enviuvado, tornou a casar-se com uma rainha, de péssimo gênio, que tomou raiva dos enteados.

Dali a uma semana, mandou a princesinha para casa de uns campônios, para lá a conservarem e tratarem dela.

Quanto aos onze príncipes, tantas invenções foi contar ao rei, a respeito, que o pai nunca mais quis saber das pobres crianças.

Então, a perversa rainha, que era bruxa, deitou um encanto aos rapazinhos. Depois de cerimônias mágicas, que sabia, disse-lhes:

"Voai, ligeiros, longe de nós,
Fazei-vos aves, aves sem voz!..."

Os príncipes mudaram-se em lindos cisnes e voaram pelos ares além...

De madrugada, passaram por cima da choupana onde vivia a irmãzinha. A princesa ainda dormia. Por mais que batessem as asas, para acordá-la, nada conseguiram.

Quando Elisa fez quinze anos, levaram-na ao palácio. A madrasta, vendo-a tão deslumbrante, teve tal fúria, que por pouco não morreu. O seu desejo foi logo mudá-la em cisne, mas o rei disse que queria vê-la e a bruxa não se atreveu.

De manhã, a rainha foi à sala de banhos, levando consigo três sapos medonhos.

Ao primeiro disse:

— Hás de te colocar na cabeça de Elisa, quando vier tomar banho, para a fazer tão estúpida como tu.

Ao segundo, ordenou que saltasse à cara da pobre menina, para a tornar feia, tão feia, que o pai não a conhecesse.

— Hás de te pôr ao pé do coração dela — disse ao terceiro — para que se faça perversa e pateta.

Atirou com os três bichinhos medonhos para dentro da água límpida, que logo se fez verde, e foi buscar Elisa, dando-lhe ordem para tomar banho.

Os sapos fizeram tudo o que a rainha mandou: quando a princesa saiu da água, deixou três papoulas-vermelhas que sobrenadavam.

A rainha, vendo aquilo, esfregou-lhe o corpo com alcatrão, e untou-lhe a cara com uma pomada que fazia contrair as feições. A princesinha parecia um bicho de cozinha.

A madrasta, depois de tê-la arranjado assim, levou-a ao pai, que teve medo dela, e declarou que semelhante criatura não podia ser sua filha.

A pobrezinha Elisa fugiu, então, do palácio.

Depois de muito andar, por montes e vales, chegou à noite a um grande bosque e adormeceu.

De manhã, ao levantar-se, já tinha mais ânimo. Foi andando, até que, ao cabo de algumas horas, encontrou enfim uma criatura humana. Era uma senhora, com um cesto de frutas na mão, que lhe deu algumas para que ela matasse a fome.

Ao saborear uma delas, a feia e horrível Elisa, voltou a ser a criatura deslumbrante que era antes. Elisa perguntou-lhe se teria acaso encontrado onze príncipes, tão bonitos como o sol.

— Não — respondeu a senhora — não vi onze príncipes, mas vi onze cisnes, com coroas de ouro na cabeça, descerem a nado o rio que fica perto daqui.

E levou-a a uma clareira muito íngreme, no fim da qual se viam as águas duma ribeira.
A linda princesinha passou ali o dia e a tarde.
Começou a anoitecer. No instante em que os últimos raios de sol se apagavam, viu voando para a terra onze cisnes. Pousaram em terra, muito perto dela.
Logo que o sol apareceu de todo, as penas dos onze cisnes caíram e ela viu surgir os onze príncipes. Correu para eles de braços abertos. Os onze rapazes conheceram logo a sua irmãzinha adorada.
Que alegria! Que contentamento! Que abraços e que beijos! Choravam e riam ao mesmo tempo.
Depois, explicou-lhes o motivo pelo qual vinha àquele sítio, e eles contaram os feitiços que lhes haviam sido lançados.
O mais velho falou:
— De dia temos a forma de cisne. Logo que o sol se põe, voltamos a ser homens. É por isso que havemos de ter sempre muito cuidado ao chegar à terra firme, na ocasião em que fará noite. Porque, se estivéssemos voando pelos ares, cairíamos de repente. Não é neste sítio que moramos, mas sim numa terra muito bonita, além dos mares. A viagem é muito longa: levamos nela dois dias inteiros, e temos de voar muito depressa. No meio do caminho, há um rochedo isolado que sai das ondas; e, tão pequeno é, que só temos espaço para ali ficarmos de pé, muito apertados uns com os outros. Quando o mar está bravo, cobre-nos de espuma da cabeça aos pés. Contudo, damos graças a Deus por termos aquele rochedozinho. Não nos é permitido vir, senão uma vez por ano, e só onze dias, que podemos nos demorar. Há dez chegamos, temos ainda um, e depois somos obrigados a voar. Como é que te havemos de levar conosco, se não temos sequer um pequeno barco?
— E eu — disse Elisa — como é que poderia quebrar o feitiço que vos deitaram?
Ainda levaram muito tempo na conversa. Por fim, Elisa estava tão cansada que adormeceu.
Acordou ao sentir um forte bater de asas. Eram os irmãos que se tinham tornado cisnes e voavam em torno dela, como a se despedirem. Depois, levantaram o voo e sumiram de todo. Só ficou um, que era o mais novo dos onze irmãos.
À tardinha, voltaram e pouco tardou para que tomassem a figura de homens.
— Amanhã temos que partir — disse o mais velho — e antes de um ano não poderemos voltar, mas não queremos deixá-la aqui sozinha. Terá ânimo para vir conosco? Agora, que sou homem, era capaz de te

levar ao colo pela floresta inteira: tu, coitadinha, és tão leve e tão mimosa. Portanto, nós onze tornando a ser cisnes, também com nossas asas, havemos de poder voar contigo e levar-te por esses mares afora.

— Que alegria — exclamou Elisa — vou convosco por toda a parte!

Levaram a noite inteira a fazer uma rede de vime e de juncos. Elisa deitou-se dentro. Ao romper do sol, os onze cisnes levaram-na com os bicos até perto das nuvens.

Os cisnes voaram durante todo o dia. Ia escurecendo, e Elisa, muito assustada, não via sequer o rochedo solitário, onde haviam de passar a noite. Pareceu-lhe que os cisnes voavam com redobrada ânsia.

— Eu é que sou a causa desta demora, pensava Elisa. Se a noite descer antes de chegarem ao tal rochedo, caem no mar e morrem, desgraçadamente. Valha-me Deus!

Nisso os cisnes começaram a descer para o mar; pairaram no espaço durante alguns instantes, e ela pôde avistar o rochedo solitário.

Escureceu e os onze cisnes tomaram a figura de homens. Estavam todos estreitamente unidos no rochedo, onde mal cabiam.

Logo que o sol rompeu, os onze cisnes voaram levando Elisa.

Daquela vez tocaram em terra antes do pôr do sol; puseram a irmã sobre um penhasco, em frente de uma grande caverna, muito bem arranjada; havia camas feitas de montões de musgos e folhas secas. Foi ali que entraram, muito contentes, logo que os onze príncipes tomaram a figura de homens.

— Sempre quero ver o que sonhas esta noite, depois de todas as comoções da viagem, disse à irmã o príncipe mais velho.

— Deus queira que sonhe o modo de vos quebrar o encanto, respondeu Elisa.

Sonhou. Pareceu-lhe que ia outra vez pelos ares e chegara ao palácio de uma fada, que lhe falou deste modo:

— É possível quebrar o encanto dos teus irmãos. Mas, para isso, é preciso muita força e perseverança, e quem sabe se tu a terás? Vês esta urtiga, que tenho aqui na mão? Há muitas e muitas assim, em volta da caverna onde moras. Só esta única espécie e uma outra que brota nos cemitérios, é que te pode servir! Precisas apanhar uma grande quantidade delas. Hás de encher as mãos de picadas e de empolas, que queimam como ferro em brasa. Se as pisares com muita força, farás uma espécie de estopa, com que hás de fiar e tecer onze túnicas compridas. Quando estiverem completas, atira com elas para cima dos onze cisnes, e quebra-se o encanto. Desde o primeiro momento em que começares esta obra, até aquele em que a acabares, não poderás pronunciar uma palavra, uma sílaba sequer. Se o não fizeres, o primeiro som que sair da tua boca, ferirá como se fossem onze punhais cravados no coração dos teus onze irmãos. A vida deles depende do teu silêncio. Pensa bem e depois faze o que quiseres.

Ao concluir essas palavras, com a urtiga que tinha na mão, e que brilhou como se fosse uma estrela.

Elisa acordou deslumbrada por aquele clarão. Era dia claro, e ao pé dela crescia uma urtiga igual à que vira em sonho.

Caiu de joelhos, agradecendo a Deus ter atendido às suas orações.

Depois saiu da caverna, para dar princípio ao seu trabalho.

Pôs-se o sol, voltaram os irmãos, e perguntaram-lhe o que tinha visto. Nem uma palavra de resposta.

— Isto é novo encanto da nossa madrasta, que a fez muda, disseram.

Mas, quando lhe viram as mãos feridas e o trabalho, compreenderam logo que era para lhes quebrar o encanto que fazia tudo aquilo.

O mais moço pôs-se a chorar, beijando as mãozinhas inflamadas, e onde as lágrimas caíam, desapareciam as empolas e as chagas.

Um dia ouviu uma trompa de caça soar por aquelas montanhas. Teve um grande susto. O som vinha cada vez mais perto, e cães latiam com furor. Trêmula de medo, fugiu para dentro da caverna e sentou-se em cima do molho de urtigas que já havia apanhado e pisado.

Dentro em pouco apareceu, um grande cão à entrada da gruta, depois outro e mais outro, e atrás deles apareceram todos os caçadores.

O mais gentil era o monarca daquele reino.

Ao ver Elisa, correu para ela, encantado. Nunca havia visto uma menina mais bonita.

— Como vieste para esta solidão, minha beleza? Perguntou-lhe.

Depois saltou do cavalo e levou-a roubada para o seu palácio.

As aias conduziram-na aos aposentos onde devia ficar. Havia um quarto, um pouco escuro, todo guarnecido de tapetes verdes, para se parecer com a caverna da montanha. No chão estava o molho de urtigas pisadas, e num prego da parede a túnica já tecida.

Tudo aquilo tinha sido apanhado por um caçador, um pouco por curiosidade, um pouco para lisonjear a nova rainha.

Vendo esses objetos, os únicos que poderiam lhe dar uns rebates de alegria ao coração, Elisa teve um sorriso que animou o lindo rosto, e as faces pálidas fizeram-se cor de uma romã.

O rei vendo-a tão linda, marcou logo o dia para o noivado.

Casaram-se.

O rei, fazia quanto podia para a distrair. Ela, que o compreendia, olhava-o com meiguice, mostrando-lhe nos olhos toda a sua infinita gratidão. Com que confiança não lhe contaria as suas penas e o seu martírio! Mas uma palavra só que pronunciasse, perderia os queridos irmãos. Pegou na mão do rei e beijou-a agradecida.

De noite levantava-se e ia para o quarto verde parecido com a gruta, e ali continuava a sua obra.

Já tinha seis túnicas prontas, ia principiar a sétima quando viu que lhe faltava estopa.

Não podia voltar à montanha. A fada dissera-lhe em sonho, que as urtigas do cemitério também podiam servir, mas com a condição de que havia de ser ela quem arrancasse. Que havia de fazer?

— Que são — pensava — as chagas das minhas mãos, comparadas com a dor que me aperta o coração! Não posso sossegar. Preciso acabar com minha obra. Nosso Senhor não me há de desamparar! Numa noite de luar, a pobre Elisa desceu devagarinho as escadas do palácio, saiu e chegou até o cemitério. Colheu o molho de urtiga e voltou furtivamente para o palácio.

Mas houve alguém que a viu sair e a seguiu. Era uma camarista, que odiava a rainha, pois pretendia ver a filha no trono. Então, para se vingar foi contá-la à Sua Majestade, insinuando que a rainha Elisa bem podia ser uma feiticeira.

O rei desatou a chorar, quando soube do caso: mas nada disse. Apenas resolveu espreitá-la.

Dias depois, faltando-lhe outra vez estopa, foi de novo ao cemitério. Mas, dessa vez, seguiram-na o rei e outras pessoas. Viram-na caminhar direto a um bando de harpias medonhas que estavam sugando o sangue de um cadáver.

O rei não quis ver mais, supondo que a gentil menina que tanto estremecia era, na verdade, uma bruxa repugnante. Mandou chamar juízes para julgarem a feiticeira. A rainha foi condenada a morrer numa grande fogueira.

Atiraram-na para uma fria e úmida masmorra. Por escárnio, deram-lhe para cama o molho de urtiga, que apanhara no cemitério, e por cobertura as túnicas que tecera.

Elisa, continuou logo com seu trabalho, rezando.

À noite, ouviu um bater de asas contra a grade da masmorra. Era um cisne, o mais moço de todos os irmãos. Havia conseguido descobrir onde ela estava.

A moça, por um triz, ao vê-lo, não soltou um grito de alegria, mas pôde conter-se a tempo. Que lhe importava morrer se os irmãos viriam junto dela e quebrariam o encanto funesto antes de deixar a terra?

Pela madrugada bateram à porta do palácio. Eram os onze príncipes que pediam para falar com o rei. Os guardas disseram-lhes que não podiam ir acordar Sua Majestade. Insistiram, pediram e ameaçaram, batendo à porta como uns desesperados, e tanto fizeram que apareceu a escolta. Nesse momento rompeu o primeiro raio de sol, e os onze príncipes sumiram-se por encanto, e viu-se uma nuvem de cisnes, pairando por cima das terras do palácio.

A multidão enchia a praça da cidade. Todos queriam ver queimar a feiticeira, que chegou numa carroça muito velha, puxada por um cavalo lazarento. Continuava a trabalhar com uma ânsia que não é possível exprimir. Enquanto os dedos voavam no trabalho, a alma rezava, pedindo a Deus que a não abandonasse.

Trazia na carroça as dez túnicas que fizera. Quando lhas quiseram tirar, deitou-se de joelhos aos pés do carrasco, e olhou para ele com um ar suplicante, que o homem não pôde recusar-lhe o último favor.

A multidão cobria-a de injúrias.

— Fora bruxa infame! Não veem que está dizendo palavras mágicas! Vai fabricando algum feitiço horrível! Por que é que não lhe prendem as mãos? Talvez que por parte do demônio, ela fuja antes de chegar à fogueira! O melhor é darmos cabo dela!

E seguraram a carroça, para rasgarem as túnicas quando chegaram, fazendo enorme bulha, onze cisnes lindíssimos, que rodearam a pobrezinha, dando para a direita e para a esquerda, vigorosas bicadas. O povo, assustado, recuou.

— É um sinal do Céu! — murmuravam os melhores. Talvez seja inocente!

Mas não se atreviam a dizer alto o que pensavam.

Elisa tinha descido da carroça, o carrasco já lhe pegara na mão para atirar com ela à fogueira.

Nisso os cisnes cercaram-na de novo. Ela atirou-lhes as túnicas, e apareceram onze príncipes lindíssimos. O mais moço tinha num braço algumas penas, porque à última túnica faltavam malhas.

— Agora já posso falar, disse Elisa. Estou inocente.

Contou o que se havia passado.

Enquanto falava, espalhou-se no ar um perfume delicioso; todas as achas que haviam trazido para fazer a fogueira, enraizaram-se verdejantes e cobriram-se de flores.

Houve inúmeras festas na cidade. De novo celebraram-se as bodas da rainha e, dessa vez, assistiram-nas também os onze príncipes tão adorados pela irmã.

AS TRÊS GALINHAS DA SENHORA

Havia uma senhora que possuía, por toda riqueza, apenas três galinhas: uma branca, outra amarela e a terceira preta.

Mal rompia a madrugada, abria a porta do pequeno galinheiro e deixava-as à solta pelo meio-campo, até vir a noite.

As duas primeiras, como eram de boa raça, lindas penas, crista vermelha e calção, afugentavam a preta a bicadas. Quando passeavam pelo campo, bicando em busca de bichinhos, as fidalgas escorraçavam sempre a companheira, que ficava atrás, muito triste por se ver assim desprezada.

Uma vez, andava a branca a esgravatar na terra, quando bateu com o bico numa panela com dinheiro.

Chamou logo a amarela, e mostrou-lhe o tesouro. A preta aproximou-se também, mas deram-lhe muitas bicadas e correram-na para longe.

— Que havemos de fazer desse dinheiro? Disse a branca.
— Levamos à nossa dona, lembrou a amarela.
— Credo! Exclamou a soberba. Nem falar nisso é bom! Com o dinheiro, mandarei construir uma casa para nós ambas.

Depois da casa feita, meteram-se dentro, fecharam as vidraças, trancaram a porta pelo lado de dentro e deixaram fora a preta.

— Onde estão as outras? Perguntou a dona. A preta contou-lhe tudo.
— Deixe as ingratas, que me pagarão, disse a senhorinha.

E recolheu-a na capoeira, dando-lhe muito milho.

Pelo meio da noite, a raposa, que andava muito esfaimada, a rondar pelas capoeiras da vizinhança, passou pelo quintal da senhorinha, e disse com os seus botões: — Aqui nem vale a pena tentar! A senhora fecha tão bem a porta, que é melhor ir-me embora.

E foi andando de focinho no ar, a farejar...

No meio do campo, topou com uma casinha nova, e exclamou:
— Olá! Prédio novo! Vamos ver o que é isto...

Encaminhou-se para lá, tomou altura, cheirou, e sentiu que havia galinhas.

Trepou para o telhado, quebrou as telhas e deixou-se cair abaixo. As duas galinhas caíram no papo da raposa, que, após comer, se safou pelo mesmo sítio por onde tinha vindo.

Pela manhã, a galinha preta e a dona foram ver a casa das outras. Quando chegaram, a senhorinha chamou pelas galinhas, mas estas não apareceram. Subiu a uma janela, empurrou-a, arrombou-a e viu penas pelo chão, e um grande rastro de sangue...

O VEADINHO ENCANTADO

Estevão, chamando sua irmã, disse-lhe — Clara, depois que nossa mãe morreu, não tivemos um momento de felicidade. Nossa madrasta bate-nos sem cessar, e só nos dá para alimentos os restos das suas refeições. Seu cão é melhor alimentado do que nós. Assim, abandonaremos essa casa, onde nada mais podemos esperar, e vamos para longe.

As duas crianças partiram e foram caminhando sempre em frente, através dos campos. À noite, abrigaram-se no tronco de uma árvore e aí adormeceram.

No dia seguinte, pela manhã, o irmão disse:

— Estou com sede. Parece-me que ouço o murmúrio de um regato. Vamos ver.

Mas a madrasta, que era uma feiticeira, tinha-os precedido no caminho, e havia encantado todos os ribeiros e fontes que deviam encontrar. O irmão viu um ribeiro límpido e transparente, que corria murmurando, e abaixou-se para beber.

Ouviram uma voz que dizia:

— Todo aquele que beber dessa água será transformado em tigre!

— Oh! Estêvão, meu querido Estevão, exclamou ela. Não bebas, porque te tornarias um animal feroz e me devorarias!

— Estou com uma sede terrível, replicou o rapaz. Mas vamos um pouco mais longe.

Além disso, serpenteava outro regato. O menino aproximou-se com avidez, mas Clara ouviu uma voz, exclamando:

— Todo aquele que beber dessa água será transformado em lobo.

— Oh! Estevão! Peço-te que não bebas, porque te tornarias um lobo e me devorarias!

— Vamos! Respondeu Estevão, esperarei ainda; mas, no primeiro regato que encontrarmos, beberei, porque estou morrendo de sede.

Perto do terceiro riacho, Clara ouviu uma voz que dizia:

— Todo aquele que beber dessa água será transformado em veado.

— Ó, Estevão! Toma sentido, peço-te. Se fores transformado em veado, começarás a correr e não poderei alcançá-lo.

O irmão já havia abaixado, à beira do regato, e logo que começou a beber, virou um veadinho branco.

Clara pôs-se a chorar, vendo seu irmão assim enfeitiçado. Estevão chorava também tristemente.

— Sossega, disse a irmãzinha, não te abandonarei.

Conduziu-o pela floresta adentro, e pararam em frente a uma casa desabitada.

— Entremos, é aqui que devemos residir.

Entrou e preparou para o veadinho um leito macio, feito com musgo e folhas. Colher erva fresca para ele e nozes e frutas para si.

Todas as manhãs ia fazer as mesmas provisões, e era ela quem, com suas próprias mãos, dava de comer ao gentil veado. À noite dormiam juntos.

Achavam-se ali há algum tempo, quando o rei empreendeu realizar uma grande caçada na floresta.

Ouviu-se ao longe o ressoar da trompa, os latidos dos cães e os gritos dos caçadores.

A esse ruído, o veadinho estremeceu.

— Não posso conter-me. É preciso ir à caça. Deixa-me ir, peço-te.

Insistiu com tanta força, que ela consentiu em deixá-lo partir.

— Se voltares um pouco tarde, encontrarás a porta da casa fechada. É preciso que batas, dizendo:

"Irmãzinha, deixa-me entrar". Do contrário, não abrirei.

— Muito bem! Replicou o animalzinho.

E correu para a floresta, satisfeito por se sentir em liberdade.

O rei e os caçadores repararam naquele formoso veadinho e perseguiram-no, mas inutilmente.

Quando esperavam alcançá-lo, desapareceu.

À noite, foi bater à porta da casinha e disse:

— Irmãzinha, deixa-me entrar.

A porta abriu-se e ele foi deitar-se na sua caminha.

Na manhã seguinte, novamente ouviu ressoar a trompa e quis correr através da floresta.

Clara recomendou-lhe:

— Não te esqueças de bater à porta e falar como ontem.

Quando o rei e os caçadores tornaram a ver o veadinho, puseram-se ao seu encalço, mas sem conseguir apanhá-lo. Apenas um deles chegou a lançar-lhe uma seta na perna, o que o fez coxear um pouco.

Esse caçador viu-o dirigir-se para a casinha, bater e falar:

— Irmãzinha, deixa-me entrar.

A porta abriu-se, ele entrou, e o caçador foi contar ao rei o que havia presenciado.

— Amanhã, disse o rei, recomeçaremos a nossa caçada.

Clara ficou aflita quando viu o irmão ferido. Enxugou-lhe o sangue, que escorria, fez-lhe compressas e obrigou-o a repousar.

A ferida, entretanto, era ligeira.

No dia seguinte, ouvindo ainda o grito dos caçadores, exclamou:

— Não posso conter-me!... É preciso que vá!...

— Será morto, eu ficarei sozinha, abandonada na floresta. Peço-te que não vás!

— Pois bem, replicou ele, então morrerei de pesar, porque os sons das trompas de caça atraem-me. Não posso resistir.

Partiu.

Assim que o rei avistou, disse ao caçador que na véspera o tinha acompanhado:

— Segue-o de novo, mas não lhe faça mal algum.

Ao entardecer, o rei fez com que lhe indicassem a casinha antes que o veadinho entrasse, e bateu na porta, dizendo — Irmãzinha, deixa-me entrar.

A porta abriu-se e Clara ficou espantada quando, em lugar do veadinho, viu diante de si um homem que, tomando-lhe a mão, perguntou:

— Queres vir para o meu castelo e casar comigo?

— Quero, respondeu Clara, mas com a condição de que o veadinho virá também conosco, pois não posso abandoná-lo.

— Tranquiliza-te, respondeu o rei, ele ficará no palácio, até quando quiseres, e nada lhe faltará.

Nessa ocasião, o veadinho entrou.

Clara amarrou-o e levou-o para o castelo do rei.

Aí o casamento foi pomposamente celebrado. A mocinha ficou sendo rainha, muito respeitada e estimada, e o veadinho perfeitamente tratado.

Entretanto, a malvada madrasta, que tão cruelmente maltratara os dois inocentes meninos, alegrava-se pensando que estavam perdidos para sempre.

Julgava que Clara houvesse sido devorada na floresta pelos animais selvagens, e que o irmão, transformado em veado, tivesse sido morto pelos caçadores.

Ficou furiosa ao saber que viviam felizes no palácio do rei e resolveu desmanchar-lhes a felicidade.

Sua filha caolha, dizia muitas vezes:

— Era eu quem devia ser rainha!

— Sossega, dizia a infame feiticeira, teu dia chegará.

A encantadora rainha Clara deu à luz um menino. Enquanto o rei se achava caçando, a feiticeira tomou a figura e as roupas da parteira e, aproximando-se da jovem parturiente, disse:

— O banho de Majestade está pronto. É bom não deixar esfriar.

Então, com o auxílio de sua horrorosa filha, tomou-a pelo meio do corpo, levou-a para a sala de banhos, pô-la dentro d'água e fechou a porta.

Sob a banheira havia ateado um grande fogo. A jovem rainha devia ficar asfixiada e queimada.

Não duvidando do bom êxito do seu crime, a bruxa conduziu a filha para o aposento e deitou-a no próprio leito de Clara.

Em virtude da sua feitiçaria, conseguiu rejuvenescer-lhe o rosto, mas não pôde dar-lhe o olho que faltava. Para dissimular esse feitiço, recomendou-lhe que se voltasse para a parede.

Voltando da caça, o rei soube, com alegria, que o seu filho havia nascido.

Quis ver e abraçar a rainha, mas a feiticeira impediu-o dizendo:

— Tome sentido, V. Majestade. Não abra o cortinado, porque a luz pode fazer-lhe mal.

O rei retirou-se, sem duvidar da traição.

À meia-noite, quando todos dormiam, menos a ama que velava perto do berço, a porta abriu-se e a verdadeira rainha entrou devagarinho.

Chegando perto do berço, tomou a criança nos braços e apertou ao encontro do coração; endireitou a caminha, envolveu o recém-nascido nos cueiros e deitou-o. Em seguida, dirigiu-se para o veadinho, que estava deitado a um canto do aposento, pôs-lhe a mão na cabeça e desapareceu como tinha entrado.

A ama indagou aos criados se não haviam visto entrar alguém no palácio. Responderam-lhe que ninguém.

Na noite seguinte, e em muitas outras consecutivas, a jovem rainha executou a mesma cena da primeira noite.

Algum tempo depois, apareceu mais triste e murmurou:

— Ah! Meu caro filho! Meu caro irmão! Voltarei ainda mais duas vezes e, depois, nunca mais!

A ama, que até então nada havia relatado dessas aparições, foi contá--la ao rei, que respondeu:

— Eu mesmo irei ver do que se trata.

À meia-noite, ela entrou no quarto da criancinha, onde o rei se achava escondido.

Abraçou o menino e retirou-se, dizendo:

— Eu voltarei ainda uma vez, mas é a última.

Nessa noite, o rei não se animou a lhe dirigir a palavra.

Na noite seguinte, esperava-a. Ela voltou, repetiu as cenas de costume, e exclamou:

— Ah! Meu caro filho, ah! Meu caro irmão! Nunca mais voltarei.

— Oh, disse o rei, és tu a minha querida mulher?

— Sim — respondeu ela.

No mesmo instante, voltou à vida e contou ao rei o crime da feiticeira e de sua filha, que foram presas e condenadas à morte.

Quando a feiticeira acabou de ser executada, Estevão, que havia sido transformado em veadinho, recuperou a sua forma primitiva.

O DIABO E O FERREIRO

Passeavam, um dia, pela terra, Jesus Cristo e São Pedro, cada um montado no seu burrinho, e chegaram a uma ferraria situada à beira do caminho. Nosso Senhor aproveitou para mandar ferrar o animal; e, tendo gostado do trabalho do ferreiro, dando-se a conhecer, disse:

— Não te dou dinheiro, bom homem, mas prometo satisfazer a três pedidos que formulares. Dize lá o que desejas...

— Pede-lhe o Reino do Céu, ferreiro..., segredou-lhe São Pedro.

— Eu não! Retorquiu o ferreiro. O Reino do Céu não me enche barriga. E voltando-se para Jesus: Quero que toda a pessoa que se sentar neste banco não possa levantar sem minha ordem.

— Concedo!... Qual é a segunda?

— Pede o Reino do Céu, ferreiro!... tornou São Pedro.

— Não me aborreça, homem! Disse o ferreiro. Depois de morto, tanto me faz ir para o Céu ou para o Inferno. Dirigiu-se a Nosso Senhor: Quero que todo aquele que subir nesta figueira, dela não possa sair sem o meu consentimento.

— Concedo!... Qual é a última coisa que desejas?

— Pede o Reino do Céu, ferreiro!... tornou-lhe São Pedro, pela terceira vez.

— Que chatice! Exclamou o ferreiro. Já lhe disse que não preciso do Céu para nada. Quero que todo aquele que entrar dentro deste saco de couro, dele não possa sair sem que eu permita.

— Concedo, disse Jesus Cristo, montando o burrinho e partindo acompanhado de São Pedro.

Quando Nosso Senhor desapareceu, o ferreiro pôs-se a refletir no que lhe havia sucedido.

— Ora, Senhor! Dizia ele com seus botões. Fui um grande tolo!... Para que servem os desejos que manifestei, quando podia pedir dinheiro e ser fabulosamente rico? Também, se o diabo me aparecesse agora, era capaz de lhe vender a minha alma!

Pronunciando essas palavras, sentiu um grande cheiro de enxofre, e Satanás apareceu-lhe vestido elegantemente, mas deixando ver os seus pés de cabra.

— Eis-me aqui, ferreiro. Estou pronto a fazer o negócio que desejas. Serás fabulosamente rico, mas daqui a dez anos virei buscar-te.

E desapareceu como veio.

Passados dez anos, Satanás apareceu.

O ferreiro, que já tinha imaginado meio de o enganar, disse-lhe:

— Pois não! O prometido é decidido. Espera um pouco sentado neste banquinho, enquanto vou preparar-me.

O diabo sentou-se; mas, passado algum tempo, vendo que a sua vítima não vinha, quis levantar-se. Em vão! Gritou, esbravejou, mas não o conseguiu.

Então apareceu o ferreiro:

— Não te poderás erguer sem o meu consentimento, e eu não te darei enquanto não me prometeres que prorrogarás o prazo por outros dez anos.

Satanás, querendo ver-se solto, acedeu.

Passado esse tempo, voltou e o ferreiro, usando das mesmas astúcias, o fez subir à figueira-do-inferno, de onde não conseguiu descer senão depois de combinar que esperaria outros dez anos.

Pela terceira vez, o diabo voltou. Entretanto, no saco de couro, o ferreiro meteu-o na bigorna e começou a malhá-lo, até que o desligou da palavra dada, e despediu-se para nunca mais voltar.

Tempos depois, o ferreiro morreu e foi bater à porta do Céu. São Pedro veio abri-la, reconhecendo-o, negou-lhe a entrada.

Em vista disso, foi ele para o inferno, mas o diabo também se recusou a recebê-lo, receando novas traições.

Desde esse dia, a alma do ferreiro vaga errante pelo espaço.

AS TRÊS MARAVILHAS

No antigo reino da Pérsia, há muitos séculos, houve três irmãos — dois rapazes e uma formosa jovem — que se amavam extremosamente. Eram ricos, viviam na abastança, e nada lhes faltava para passarem a vida calma e folgadamente, habitando uma deslumbrante casa de campo, algumas léguas retiradas da capital.

Uma tarde, achava-se Nadir sentada num dos bancos do jardim, esperando o regresso de Carlos e Olímpio, que estavam caçando, quando bateu à porta uma pobre pedinte. Dotada de excelente coração, caritativa, a mocinha a fez entrar, deu-lhe comida e algum dinheiro.

A pobre, depois de satisfeita, pediu-lhe permissão para percorrer a casa. Nadir acompanhou-a, mostrando-lhe todos os aposentos luxuosamente mobiliados; o pomar cheio de árvores frutíferas; o viveiro de pássaros raros; o aquário com peixes vindos de várias partes; o lago onde patos, gansos, marrecos e outras aves se banhavam; o jardim, plantado das mais lindas flores; todas as dependências da chácara, em suma.

A mendiga elogiou a elegante e confortável vivenda e, ao despedir-se, disse:

— Já que a senhora se mostrou tão boa para mim, devo dizer uma coisa. Sei que é feliz e nada mais deseja. Mas, para ser completa a sua felicidade e a de seus irmãos, esta casa precisa de ter as três maravilhas do mundo, que são: o pássaro que fala; a árvore que canta e a água de ouro. Esses três prodígios existem nos confins do reino, longe, muito longe.

A pedinte despediu-se. Nadir cismou com a revelação que acabava de saber, entristecida, recordando-se de que ainda podia ser mais venturosa do que era. Deixou-se ficar no mesmo lugar, até a hora em que os irmãos voltaram.

Carlos e Olímpio, apeando dos cavalos, ao abraçarem-na, repararam na sua tristeza desacostumada e indagaram o motivo. Nadir contou-lhes a visita e a conversa que tivera com a pedinte.

Os dois rapazes amavam tanto a irmãzinha, que resolveram partir à conquista das três maravilhas.

Carlos, o mais velho, preparou-se para a arriscada expedição e, para sossegar quanto ao seu destino, durante o tempo que devia durar a viagem, entregou à irmã um punhal, dizendo-lhe:

— A lâmina dessa arma é brilhante e polida e assim se conservará enquanto eu tiver vida e saúde. Quando aparecer manchada de sangue, então rezem por mim, porque infalivelmente deverei estar morto.

Abraçou Nadir e Olímpio, e partiu cavalgando o seu cavalo.

Carlos, seguiu, pela larga estrada que cortava o reino da Pérsia, de norte a sul.

Ao cabo do vigésimo dia de jornada, encontrou um velho sentado à beira do caminho. Era a primeira pessoa que via. Vendo que não devia estar longe do termo da expedição, inquiriu do roteiro que devia seguir até chegar ao pássaro que fala, à árvore que canta e à água de ouro.

— O caminho é fácil; não tem mais do que seguir em frente, até o sopé daquele elevado monte, que daqui se descortina.

Aí chegando, apeie-se, e continue a marchar a pé, subindo a ladeira até o cume da montanha, onde encontrará os extraordinários objetos que busca. Devo, porém, advertir-lhe que encontrará a ladeira semeada de pedras pretas. Quando o senhor começar a subir, ouvirá palavras obscenas, injúrias, insultos, gritos... Livre-se de olhar para trás, pois, se assim o fizer, será imediatamente transformado numa pedra preta semelhante às outras — sendo outros tantos moços, aventurosos como o senhor.

Carlos agradeceu ao velhinho e, esporeando o animal, caminhou novamente. Poucas horas depois, atingiu a raiz da serra e, tendo amarrado o cavalo, principiou a galgar o morro.

Mal havia dados os primeiros passos, escutou grande algazarra vinda de todos os lados — vozes confusas que gritavam, incansavelmente:

— Aonde vai este louco?... Aonde vai?... Que quer ele?... Não o deixem passar!...

— Agarrem-no! Prendam-no! Matem-no!

O rapaz, acreditando serem na verdade, pessoas que falavam, e vinham no seu encalço, esqueceu as recomendações do mendigo, voltou-se para vê-las, e no mesmo instante foi transformado em pedra.

Depois da partida de seu irmão, não se passava dia sem que Nadir deixasse de ir ver o punhal.

Sentia-se contente por saber que Carlos estava bem, naturalmente prosseguindo na execução da sua empresa com excelente êxito.

Na manhã do vigésimo dia, viu a lâmina tinta de sangue. Não duvidou da morte do moço, e cobriu-se de luto.

Olímpio, depois de chorar com ela a morte do irmão, resolveu ir em busca do pássaro que fala, da árvore que canta e da água de ouro.

Nadir objetou-lhe que, se morresse, ela ficaria sozinha no mundo desamparada, apesar de ser rica e animosa.

Olímpio, entretanto, não acedeu aos seus pedidos, e montou a cavalo.

Para que a menina soubesse notícias suas, entregou-lhe uma roseira, que tinha a virtude de florescer enquanto ele estivesse com vida, e murchar no mesmo momento em que morresse.

Sucedeu o segundo irmão, tudo quanto aconteceu a Carlos. Encontrou o mesmo senhor que lhe fez as mesmas objeções que fazia a todos e aconselhou-o da mesma forma que aconselhava sempre.

Olímpio, não se deixou persuadir, e encaminhou-se para a montanha, cuja ladeira galgou com passo firme, sem recear o ruído de vozes que distinguia, sabendo que eram invisíveis, ocultas, sobrenaturais, e que não lhe podiam fazer mal algum.

Já estava em meio, longe da última pedra negra, sempre acompanhado pela grande algazarra de insulto, quando ouviu distintamente atrás de si uma pessoa gritar-lhe perto do ouvido:

— Estás com medo? Vai fugindo, cão!

Animoso, nunca tendo ouvido injúrias e, repelindo sempre qualquer desaforo, o moço perdeu a cabeça, puxando da espada, voltou-se para ver quem o injuriava. Imediatamente foi transformado em pedra.

Nadir, na sua elegante chácara, não receava pela sorte de Olímpio, porque a roseira plantada num dos canteiros do jardim floria viçosamente, verdejante, cheia de flores.

Mas, no dia seguinte àquele em que o seu segundo irmão foi vítima do encanto da montanha, ao despertar, pela madrugada, viu o pobre arbusto murcho, fenecido, seco. Olímpio também morrera.

Foi grande a desolação da menina, que se via sozinha no mundo, sem seus extremosos irmãos. Por isso, resolveu ir procurá-los, recolher-lhes os corpos e conquistar o pássaro que fala, a árvore que canta e a água de ouro.

Depois de providenciar sobre a sua casa e bens, vestiu-se de homem e, cavalgando uma formosa égua de raça, seguiu viagem, acompanhando as pegadas dos seus irmãos, segundo as notícias e informações que ia colhendo.

Chegou finalmente ao sítio onde vivia o velhinho e soube por ele tudo quanto queria. Tornou a montar a cavalo e chegou à fralda do monte que devia subir.

Astuciosa, porém, e não confiando muito na sua presença de espírito, antes de iniciar a ascensão, tapou os ouvidos com algodão.

Depois subiu, lentamente, para não cansar, escutando um rumor indistinto de vozes, mas sem perceber o que diziam.

Chegou assim livremente à esplanada, no alto do outeiro, e viu o pássaro que buscava, encerrado em uma gaiola de ouro.

Vendo-se presa, a avezinha falou:

— Confesso-me teu escravo, corajosa moça, e estou pronta a servir-te em tudo...

— Vim — retorquiu Nadir — em tua procura, e também da árvore que canta, e da água de ouro. Quero que me ensines os lugares onde estão, e depois direi o que pretendo mais.

— A árvore está próxima daqui e basta que arranques um galho. Chegando a casa plantará e, no mesmo instante, crescerá.

A água está numa fonte perto, e lançando-se algumas gotas em qualquer lugar, correrá regato.

O passarinho voou aos sítios em que se achavam as duas maravilhas, e Nadir, seguiu-lhe os conselhos.

— Agora, quero que me indiques o meio para fazer com que meus irmãos, transformados em pedra, voltem à sua forma primitiva.

A ave disse que era o bastante lançar sobre as pedras um pouco de outra água, que ali havia, e a moça começou a descer a montanha, lançando água sobre todas as pedras negras que encontrava, não sabendo quais eram os seus irmãos.

Ao chegar à raiz da serra, numeroso cortejo de reis, príncipes e fidalgos acompanhavam-na — mais de quinhentas pessoas, que desde muitos anos se aventuravam a procurar as três maravilhas do Universo.

Chegando à casa, acompanhada por Carlos e Olímpio, a mocinha plantou o galho, e na manhã seguinte estava uma árvore frondosa. O pássaro, pousado sobre ela, atraía todas as aves do reino, e o concerto delicioso que havia na chácara, era melhor que todas as orquestras do mundo.

A água foi lançada num chafariz de mármore, e um repuxo elevava-se até grande altura, jorrando ouro líquido.

A notícia das três maravilhas que possuía a chácara de Nadir espalhou-se bem depressa por toda a Pérsia, e dos mais afastados lugares vinham romeiros ver aqueles primores.

O sultão, ouvindo também falar nas três raridades, quis vê-las, e dirigiu-se à casa, onde foi recebido pelos três irmãos. Com ele vinham as duas sultanas e o príncipe, seus filhos.

Foi tão gentil o modo com que Carlos, Olímpio e Nadir receberam o ilustre visitante, que as duas princesas se apaixonaram pelos dois moços, e o príncipe por Nadir, efetuando-se o casamento pouco tempo depois.

PELE DE URSO

Pedro Bravo foi recrutado para servir no exército e, durante o tempo que durou a guerra, mostrou-se de uma coragem sem igual. Quando se celebrou a paz, deram-lhe baixa e despediram-no.

Pedro voltou para a aldeia, mas toda a sua família havia morrido, não encontrando pessoas conhecidas, não tendo quem o socorresse. Como não tinha ofício algum, nem sabia trabalhar, estava reduzido a morrer de fome e caminhou ao acaso, deixando a sua sorte a Deus-dará.

Sentindo-se fatigado, sentou-se à sombra de uma árvore, refletindo na sua desgraçada condição, quando escutou um ruído de passos, e voltando-se, viu um homem elegante e ricamente vestido, com um terno de veludo verde bordado a ouro, mas com um pé de pato.

— Sei que precisas de dinheiro, e estou pronto a dar-te quanto queiras, mas quero saber primeiro se não és covarde.

— Ah! Isso é fácil provar — disse Pedro.

— Pois, olha! — retorquiu o desconhecido.

O ex-soldado viu um urso enorme que rugia ameaçadoramente. Mais que depressa, levou a espingarda à cara, desfechou um tiro e entregou o morto.

— Bem, já vejo que tens coragem. Agora, para ser rico, precisas aceitar as seguintes condições: não poderás tomar banho, cortar os cabelos, a barba e as unhas, nem te pentear, nem mudar de roupa, durante sete anos, em que viverá com a pele deste urso. Se até completar esse tempo morrer, a tua alma me pertencerá; se conseguir viver, serás rico.

Pedro, que estava reduzido à mais extrema penúria, e que não sabia como ganhar dinheiro, aceitou.

O diabo, então, esfolou o urso, deu-lhe pele e falou:

— Toda vez que precisares de dinheiro, põe a mão no bolso, que acharás a quantia necessária.

E desapareceu.

Durante os dois primeiros anos, tudo lhe correu admiravelmente, porque tinha dinheiro, gastando à larga e vivendo como um príncipe. Tinha o que queria, pagando em peso de ouro.

Mas, ao começar o terceiro, a sua figura era repugnante e horrorosa. Todo mundo fugia dele com medo daquele bicho cabeludo e barbudo, imundo e nojento. Era um verdadeiro animal feroz. Sofria, porém, resignado, fazendo os benefícios que podia, dando esmolas aos necessitados.

No fim do quinto ano, andava viajando e chegou a uma hospedaria. O estalajadeiro não quis recebê-lo, mas, tendo ele mostrado uma bolsa cheia de moedas de ouro, consentiu em dar-lhe hospedagem, com a condição de não se mostrar a pessoa alguma.

Pedro Bravo dirigiu-se para o quarto que lhe destinaram. Achava-se deitado, quando no aposento vizinho ouviu os soluços e uma pessoa exclamando aflitivamente:

— Socorrei-me, meu Deus! Livrai minhas filhas da miséria que as espera!...

Pele de Urso abriu a porta da alcova e viu um pobre homem ajoelhado, chorando amargamente.

O homem, assim que o avistou, quis fugir, mas Pedro sossegou-o e o fez contar a sua história.

Era um honrado negociante, que havia falido. Cheio de dívidas, devia ser preso no dia seguinte, deixando três filhas abandonadas, sujeitas a pedir esmola.

Pele de Urso deu-lhe o dinheiro preciso para pagamento aos credores, e o homem caindo-lhe aos pés, murmurou:

— Já que o senhor foi o meu salvador, desejo que conheça minha filha. Tenho três filhas e ofereço-lhe uma delas em casamento.

No dia seguinte, o comerciante saldou as suas dívidas e ao cair da noite, partiu em companhia do antigo soldado.

Chegando à casa, contou às filhas, Adelaide, Elisa e Cândida, o que havia sucedido.

As moças, quando viram Pele de Urso, ficaram horrorizadas. Apenas Cândida, sabendo o que havia feito pelo pai, disfarçou a sua repugnância, conversou amavelmente e aceitou-o por noivo.

No outro dia, Pedro Bravo despediu-se e disse-lhe:

— Se eu não morrer, voltarei daqui a dois anos para efetuarmos o nosso casamento...

Quebrou uma aliança de ouro em duas partes, deu uma delas a Cândida e ficou com a outra.

Pele de Urso, durante o resto do tempo que faltava para terminar o pacto feito com o diabo, viveu retirado da sociedade, para não causar repugnância a quem o visse.

No dia em que se completaram os sete anos, Satanás apareceu-lhe e disse-lhe:

— Ganhaste a partida, meu velho. Agora podes lavar-te; de hoje em diante serás rico.

Quis partir.

— Espera! Agora tens que me fazer a barba, me cortar os cabelos e as unhas, me dar um banho e me arranjar roupa.

O diabo foi obrigado a fazer tudo aquilo e, no fim de uma hora, Pedro Bravo era um homem bonito, elegante, admiravelmente vestido.

Saindo dali, o ex-soldado dirigiu-se à cidade em que morava sua noiva, comprou um palácio, mobiliou-o convenientemente e, tomando um carro, encaminhou-se para a casa do negociante a quem havia salvo.

Encontrou as moças sozinhas. Adelaide e Elisa, assim que viram aquele homem tão bem trajado, numa carruagem deslumbrante, correram para o quarto e foram se vestir.

Cândida trajava rigoroso luto, e Pedro Bravo, sem se dar a conhecer, perguntou-lhe porque estava triste.

A moça narrou-lhe o que havia sucedido dois anos antes com o pai, e disse pensar que o noivo já houvesse morrido, pois nunca dera notícias de si.

Então, o moço apresentou-lhe a outra parte da aliança, contando-lhe a sua história. As duas irmãs vieram para a sala, meia hora depois, e desapontaram-se ao saber quem era o visitante.

Pedro Bravo e Cândida casaram-se um mês mais tarde, associando-se o genro com o sogro, e tornando-se negociantes riquíssimos.

Na manhã seguinte ao casamento, o noivo foi procurado por um cavalheiro. Era Satanás, que lhe disse:

— Perdi a tua alma, Pedro, é verdade; mas ganhei duas outras — as de tuas cunhadas Adelaide e Elisa.

A VIDA DO GIGANTE

Xisto era pescador e tinha cinco filhos. Luísa, Maria, Leonor, Margarida e Guilherme. Apesar de pobres, tendo que sustentar tanta gente, ele e Ana, sua esposa, viviam felizes. O produto da pesca dava o suficiente para viverem com economia, nada devendo a pessoa alguma.

Mas o peixe ia rareando cada vez mais e a miséria batia à porta, sendo já forçados a vender os móveis, da sua casinha, para não morrerem de fome.

Uma tarde, à hora do crepúsculo, depois de haver lançado as redes ao mar, repetidas vezes, durante o dia inteiro, desde a madrugada, voltava para casa, desanimado e triste, pensando na fome de seus filhos, sem ter apanhado um único peixe. Remava melancolicamente na sua canoinha, quando viu um grande peixe, nadando à tona d'água, e ouviu-o dizer:

— Posso fazer com que tenhas peixe suficiente para encher toda essa canoa, se me prometeres que me entregarás a primeira coisa ou pessoa que encontrares ao chegar à casa. Prometes?...

— Prometo! — replicou Xisto, lembrando-se que era sempre Mimosa, uma cachorrinha felpuda, que lhe aparecia quando chegava, fazendo-lhe festas e ganido de contentamento.

— Pois, lança novamente a rede.

O peixe mergulhou, e Xisto obedeceu. A rede veio cheia de tainhas, robalos, badejos, cavalas e outros peixes que lhe encheram a embarcação. Remou, satisfeitíssimo, foi vender o peixe e voltou endinheirado. Mas a alegria transformou-se em tristeza, quando ao se aproximar de casa, em vez de Mimosa, viu Luísa, a sua filha mais velha, que o esperava.

O pescador desesperou, e contou à família o que havia sucedido. Luísa, porém, consolou-o, dizendo que iria para a casa do peixe, embora soubesse que morreria.

No dia seguinte, o mar encheu, e chegou até à porta da cabana. O Rei dos Peixes vinha buscar Luísa, numa grande concha de madrepérola, puxada por golfinhos.

A moça despediu-se da família, que chorava tristemente, e embarcou na concha. O mar foi recuando, ao passo que o cortejo se afastava, e voltou ao primeiro limite.

Desde aquele nefasto dia, Xisto não quis mais ser pescador. Tendo comprado uma espingarda, foi caçar passarinhos na floresta.

Durante seis meses, caçou com grande felicidade.

Mas chegando o inverno, despidas as árvores das folhas, nem uma só ave existia no mato. Outra vez sentia fome, e raro era o pássaro que conseguia matar.

Veio finalmente a miséria, e Xisto saiu outra vez para o bosque, levando a espingarda. De vez em quando via um pássaro, fazia fogo, mas errava a pontaria. Terminado o chumbo e a pólvora, sem ter morto um único passarinho, tomou o caminho de casa. No meio da mata, avistou, numa árvore desgalhada, uma grande e bela ave, de espécie desconhecida para ele. Ficou desesperado, por não ter munições, quando o pássaro falou:

— Não te desoles. Posso fazer com que tenhas todos os pássaros que quiseres, com a condição de me entregares a primeira coisa ou pessoa que te aparecer, quando chegares à casa.

Xisto, que estava um pouco esquecido da primeira promessa feita ao Rei dos Peixes; que tinha fome naquela ocasião; e lembrando-se que a cadelinha Mimosa era sempre quem lhe aparecia, falou:

— Prometo!

— Então, atira!

— Mas... não tenho chumbo, nem vejo passarinhos...

— Não faz mal: atira assim mesmo.

O caçador levou a arma à cara, puxou o gatilho. Ouviu-se um tiro e ele viu no chão aves de todos os tamanhos e espécies.

Levou-as para casa, entrando pela porta dos fundos.

Foi a sua desgraça, porque avistou Maria, sua segunda filha, recolhendo a roupa. Ficou desolado com aquilo, mas não teve remédio senão entregá-la ao Rei das Aves, que veio buscá-la, numa rede de penas, que passarinhos seguravam pelo bico.

Tempos depois, tendo deixado de passarinhar, para ser caçador de pacas, tatus, cotias, lagartos, sucedeu-lhe com o Rei dos Animais a mesma aventura que lhe havia acontecido com os soberanos dos Peixes e das Aves. A sacrificada dessa vez foi Leonor, que os animais conduziram.

Ficaram apenas Margarida e Guilherme.

E Xisto, não querendo mais pescar nem caçar, foi ser lavrador, cultivando um pequeno sítio, plantando café, cana, feijão, mandioca, milho e batatas que dava para a família viver.

Havia no país em que Xisto vivia, um gigante que era o terror de todos, pela sua ferocidade, alimentando-se de carne humana.

Um dia achava-se Margarida sozinha em casa, quando o gigante Ferraguz entrou e raptou-a, apesar das suas súplicas e gritos.

Guilherme, que tinha dezesseis anos, protestou vingar o rapto da irmã, saiu de casa em procura de um meio qualquer para conseguir o seu fim.

No meio de uma estrada, encontrou um pobre mendigo, de longas barbas brancas e cabeça calva, que jazia no chão, morto de fome. Guilherme, como tinha bom coração, levantou-o, repartiu com ele a comida, e só se despediu quando o viu de todo restabelecido.

O senhorzinho, querendo mostrar-lhe gratidão, ofereceu-lhe um chapéu e uma capa. O chapéu, tinha a virtude de tornar invisível toda a pessoa que o pusesse na cabeça; e a capa, a de transportar para qualquer ponto da terra quem com ela se enrolasse.

Guilherme agradeceu-lhe; e, satisfeito com o presente, envolveu-se no manto, ordenando:

— Transporta-me ao palácio do gigante que roubou Margarida.

E apareceu no quarto onde se achava sua irmã.

A menina contou-lhe que Ferraguz a perseguia, querendo casar-se com ela, e chorou. Mas o rapaz consolou-a, e disse-lhe que se fingisse extremosa, perguntando-lhe onde que estava a vida dele.

Quando o gigante chegou, Guilherme pôs o chapéu na cabeça e ficou invisível.

Margarida recebeu o antropófago amavelmente, e ele entusiasmou-se, julgando tê-la conquistado. Deitou-se no colo da moça, para que lhe coçasse a cabeça. Margarida, vendo-o tão boas disposições de espírito, perguntou-lhe, entre outras coisas:

— Diga-me Ferraguz, por que é que o senhor não morre?... Onde está a sua vida?...

Ferraguz, pôs-se a rir, e disse:

— Ah! A minha vida está bem segura. Imagine você que existe uma caixa de ferro no fundo do mar; dentro dessa caixa existe um porco; dentro do porco há uma pomba; dentro da pomba há um ovo, e dentro do ovo uma velinha acesa. Quem quiser matar-me, precisa arrombar a caixa; matar o porco; matar a pomba, quebrar o ovo e apagar a vela. Já vê você que nunca morrerei...

Conversaram algum tempo ainda, e o gigante adormeceu finalmente.

Então, Guilherme apareceu, despediu-se da irmã e, embrulhando-se no manto, ordenou que o transportasse ao Reino dos Peixes, e lá chegou.

Quando o Rei dos Peixes soube o que o cunhado queria, ordenou que lhe trouxesse a caixa de ferro. Todos os habitantes do mar foram procurá-la. Duas horas depois, Guilherme achava-se em casa. Aí arrombou a caixa de ferro, tendo contado aos pais as suas aventuras. Mas, apenas arrancou a tampa, saiu do interior um grande porco, que o lançou ao chão, sem que o esperasse, embrenhando-se pela floresta.

No outro dia, o rapaz, novamente envolvendo-se na capa, apareceu em casa do Rei dos Animais, casado com Leonor. Expôs-lhe o que pretendia, e todos os bichos foram encarregados de procurar o porco. O macaco achou-o e levou-o amarrado.

Guilherme, assim que o teve em seu poder, matou-o e abriu-lhe a barriga. Por mais precauções que tivesse, o moço não pôde evitar que a pombinha fugisse, batendo as asas.

O mancebo sabia, porém, como havia de apanhá-la. Para esse fim, dirigiu-se a Maria, esposa do Rei das Aves. A águia, depois de procurar por muito tempo, encontrou finalmente a pombinha, que Guilherme matou, tirando o ovo de dentro.

Depois do instante em que Guilherme começou a arrombar o caixão de ferro, o gigante Ferraguz adoeceu gravemente.

Quando matou o porco, a doença aumentou consideravelmente, até que não houve mais esperanças, depois da morte da pombinha.

De posse do ovo, Guilherme dirigiu-se para o palácio do antropófago e, sem usar o chapéu, apresentou-se a ele. Ferraguz ao vê-lo com o ovo, compreendeu tudo e quis avançar para o moço, que, quebrando a casca, tirou a velinha de dentro e apagou-a. Ferraguz expirou.

No mesmo instante, os Reis das Aves, dos Peixes e dos Animais, que eram três príncipes encantados pelas bruxarias do gigante e cujo encanto só devia terminar com a sua morte, voltaram à forma primitiva, e bem assim os seus palácios e vassalos.

Luísa, Maria, Leonor e Margarida viveram felizes, cada qual estimando mais Guilherme, a quem fizeram riquíssimo, bem como a seus pais.

A FORMIGUINHA

Uma formiguinha, tendo acordado muito cedo, escuro ainda, para trabalhar na armazenagem de suas provisões de inverno, saiu de casa. Nevava. Mal havia chegado à rua, uma pequenina gota de neve, caída naquele instante, enregelou-se, prendendo-lhe os pezinhos.

A formiguinha pôs-se a chorar, vendo-se presa, julgando que ia morrer, até que, ao meio-dia, o sol fundindo a neve, conseguiu livrar-se.

Então, a formiguinha dirigiu-se à neve e disse-lhe:

— Neve! Como és tão forte que os meus pezinhos prendes?

A neve respondeu:

— Mais forte, o sol, que me derrete.

A formiguinha dirigiu-se ao sol:

— Sol! Tu és tão forte, que derretes a neve, a neve que meu pezinho prendem?

— Mais forte é a parede que me tapa!

A formiguinha dirigiu-se à parede:

— Parede! Tu és tão forte, que tapas o sol, o sol que derrete a neve, a neve que prende meus pezinhos?

A parede respondeu:

— Mais forte é o rato que me rói!

A formiguinha dirigiu-se ao rato:

— Rato! Tu és tão forte, que róis a parede, a parede que tapas o sol, o sol que derrete a neve, a neve que os meus pezinhos prende?
O rato respondeu:
— Mais forte é o gato que me come!
A formiguinha dirigiu-se ao gato:
— Gato! Tu és tão forte, que comes o rato, o rato que rói a parede, a parede que tapas o sol, o sol que derrete a neve, a neve que os meus pezinhos prende?
O gato respondeu:
— Mais forte é o cão, que me morde!
A formiguinha dirigiu-se ao cão:
— Cão! Tu és tão forte, que mordes o gato, o gato que come o rato, o rato que rói a parede, a parede que tapas o sol, o sol que derrete a neve, a neve que os meus pezinhos prende?
O cão respondeu:
— Mais forte é o homem, que me bate!
A formiguinha dirigiu-se ao homem:
— Homem! Tu és tão forte, que bates no cão, o cão que morde o gato, o gato que come o rato, o rato que rói a parede, a parede que tapa o sol, o sol que derrete a neve, a neve que os meus pezinhos prende?
O homem respondeu:
— Mais forte é a morte, que me mata!
A formiguinha dirigiu-se à morte:
— Morte! Tu és tão forte, que matas o homem, o homem que bate no cão, o cão que morde o gato, o gato que come o rato, o rato que rói a parede, a parede que tapas o sol, o sol que derrete a neve, a neve que prende os meus pezinhos?
A morte respondeu:
— Sou tão forte, que mato reis, fidalgos, ricos e pobres, escravos e senhores, homens e mulheres, nivelando tudo e fazendo todos iguais! Sou tão forte que te mato!...

O CASTIGO DA BRUXA

Josué era um jovem negociante, muito considerado por todos pela sua probidade comercial e honradez nos negócios que fazia.

Achando-se em condições de casar, não tardou em encontrar uma moça de formosura deslumbrante, chamada Amina, filha única de uma viúva. Travou relações e foi bem aceito, casando-se alguns meses depois.

No dia seguinte ao das bodas, Josué foi para a mesa com sua esposa, tendo mandado preparar um almoço, com os melhores pratos que houvessem e finíssimos vinhos. Amina limitava-se a deitar uma colher de arroz num prato, espetando grão por grão, com um alfinete de ouro.

Ao jantar, deu-se o mesmo fato, e a cena repetiu-se durante uma semana, em todas as refeições. Inutilmente, Josué a exortava a comer; Amina recusava, parecendo alimentar-se exclusivamente de ar.

Fora disso, nada podia dizer dela como esposa e dona de casa.

Uma noite, achava-se o jovem negociante deitado, sem ter ainda conciliado o sono, quando viu a mulher levantar-se sorrateiramente, vestir-se e sair.

Ergueu-se devagarinho e seguiu-lhe os passos.

Viu-a abrir a porta e ganhar a rua. Acompanhou-a, sem que ela o pressentisse, até o cemitério.

Aí, o espetáculo que presenciou foi horrível! Amina, em companhia de um Devorador — demônio errante que se alimentava de cadáveres — comia uma criancinha enterrada naquele dia.

Não quis ver mais. Voltou horrorizado, metendo-se na cama antes do regresso da megera, e fingindo que dormia.

No dia seguinte, à hora do almoço, Amina, como de costume, recusou-se a comer. O marido, então, não pôde conter-se e disse-lhe:

— Por que não comes, querida Amina? Acaso esses guisados são piores do que a carne dos cadáveres?

Assim que o moço pronunciou tais palavras, a esposa transformou-se de súbito. Enfureceu-se de tal modo, que o rosto se lhe inflamou: os olhos chamejantes pareciam saltar das órbitas e da boca saía grossa espuma.

No auge da cólera, a bruxa, tendo perto de si um copo cheio, molhou os dedos, murmurou algumas palavras cabalísticas e, salpicando gotas d'água à cara do esposo, exclamou:

— Desvalido! Para castigo da tua curiosidade, serás transformado em cão!

Josué perdeu logo sua forma de homem, tomando a de um grande cão preto, pelado e magro. A surpresa de se ver assim, não lhe deu tempo para refletir, e deixou-se ficar na cadeira sentado, dando tempo a Amina para procurar uma bengala, esbordoá-lo com força, até o deixar em lastimoso estado.

Finalmente o cão conseguiu escapar pela porta aberta e, vendo-se na rua, fugiu amedrontado.

Apesar de mudado em cachorro, Josué, não perdeu as suas faculdades. Enquanto corria, pensava na sua triste sorte, desanimado inteiramente, sem saber que fazer naquela angustiante situação.

Ao anoitecer, sentindo fome, chegou-se humildemente para um açougueiro, que estava sentado à porta de casa, tomando refresco.

O carniceiro gostava de cães, e recebeu aquele com carinho, afagando-o, e dando-lhe um pedaço de carne.

Tendo encontrado no açougue proteção e agasalho, o cão ali se conservou. O dono batizou-o de Pelado, que ficou sendo o guarda da casa.

Pelado vivia satisfeito, tanto quanto podia estar um homem transformado em animal, desenganado de voltar à sua primitiva forma.

Um dia, tendo ido um freguês comprar carne, o açougueiro observou que uma das moedas era falsa, e disse-o ao comprador, que sustentou o contrário. Para resolver a dúvida, o negociante espalhou o dinheiro sobre o balcão, e chamando Pelado, perguntou-lhe qual era a moeda falsa.

O cachorro, que no tempo em que fora negociante, estava habituado a lidar com toda a sorte de dinheiro, pôs a pata em cima, com grande admiração do dono e do freguês, que não o julgavam capaz de tamanha perspicácia.

Circulou rapidamente a notícia das habilidades do cão, e de todas as partes afluíam curiosos.

Tudo quanto se lhe mandava fazer, Pelado executava prontamente por entre aplausos. O negociante prosperava e o açougueiro estava satisfeitíssimo com o seu inteligente animal.

Tempos depois, apareceu na loja uma freguesa. Após examinar Pelado atentamente, numa ocasião em que o dono não via, fez-lhe com a cabeça um sinal para acompanhá-la. O cachorro compreendeu, pelo olhar da senhorinha, que se tratava de alguma coisa importante, e seguiu-a.

Chegando à casa, a senhora o fez sentar-se sobre um sofá, e disse-lhe
— fizeste bem em me acompanhar. Se és o que penso, nada terás a recear.

Dirigiu-se para dentro e voltou trazendo um vaso com água, que derramou sobre o cachorro, falando:

— Se nasceste cão, fica no estado em que te achas, porém, se nasceste gente, torna-te ao que eras, pela virtude desta água.

Sentindo as gotas sobre a pele, o cão estremeceu, transformou-se outra vez em Josué, que agradeceu à boa mulher por salvá-lo, contando-lhe a sua história.

A senhora era também mágica, e conhecia Amina, de quem era rival; aquela só fazia maldades, e esta, aplicava os seus estudos de magia em praticar o bem.

Depois ofereceu-lhe outra água preparada, e ensinou-lhe que, quando chegasse à casa, a lançasse sobre sua esposa, e visse o que sucederia.

Ele assim o fez e encaminhou-se para a sua residência. Aí chegando, encontrou os seus empregados e fâmulos inquietos por aquela ausência de quase dois anos. Amina dissera-lhes que havia saído para tratar de negócios, mas que não soubera do que lhe acontecera, fingindo-se desassossegada; naquela ocasião não se achava em casa.

O marido esperou-a e, poucas horas após, regressou ela, que ficou furiosa quando o viu; Josué não lhe deu tempo de fazer novos sortilégios, lançando-lhe a água encantada que a senhorinha lhe dera. Assim que as gotas lhe caíram no corpo, a bruxa ficou transformada numa égua preta.

O moço mandou selá-la para passear pela cidade, dirigindo-se para uma casa de campo que tinha muitas léguas de distância. Aí passou quinze dias, montando todos os instantes na égua, metendo-lhe o chicote, esporeando-a sem piedade.

Depois, vendeu-a a um carroceiro que a fazia trabalhar todo o dia, puxando um grande e pesado carroção de pedras, até que o animal morreu.

Assim foi castigada a bruxa.

OS TRÊS PRÍNCIPES COM ESTRELAS DE OURO NA TESTA

O sultão Rhuyvaz passeava disfarçado pelas ruas da capital e, sentindo-se fatigado, sentou-se num dos bancos do jardim público. Do outro lado da alameda, separadas apenas por uma touceira de bambus, sentaram-se três irmãs, moças e bonitas, que conversavam intimamente, supondo que não eram escutadas. O príncipe prestou atenção e ouviu o que elas falavam:

— Eu — disse a mais velha — queria casar-me com o padeiro real, para comer esse delicado pão do sultão, além de outras iguarias que há no palácio.

— O meu desejo — falou a segunda — era desposar o cozinheiro de Sua Majestade, porque comeria de todos os pratos da mesa real.

— Pois eu — respondeu a terceira — sonho mais do que vocês duas. Desejaria casar-me com o próprio soberano, que anda à procura de uma noiva. Se assim fosse, lhe daria três filhos formosíssimos, cada um com uma estrela de ouro na testa.

O sultão mandou chamá-las no dia seguinte, dizendo-lhes:

— Ouvi tudo quanto disseram ontem à noite, no jardim público, e os seus desejos vão ficar satisfeitos. Dalila e Nera casarão com o meu padeiro e com meu cozinheiro. Khorida será minha esposa.

As duas irmãs mais velhas, quando ouviram aquela ordem, criaram um ódio mortal à outra, mas disfarçaram a sua raiva, fingindo-se muito contentes. Os casamentos efetuaram-se no mesmo dia.

Apesar da sua felicidade, as duas irmãs não se contentaram com aquela sorte inesperada, e votaram grande inveja à boa sultana, que tudo fazia em benefício delas.

Passado um amo, Khorida, teve um filho, e as duas irmãs, tendo concebido um projeto diabólico, puseram o recém-nascido num cesto, e atiraram-no no rio.

Apresentaram um gato ao sultão, dizendo ser aquele o filho da princesa.

Rhuyvaz ficou desesperado, quis mandar matar a esposa, mas perdoou-a, porque a amava muito.

Duas vezes mais, com um ano de intervalo, Khorida teve outros dois filhos e, novamente, as duas invejosas irmãs, como da primeira vez, lançaram os sobrinhos ao rio, substituindo-os por um cachorro e um porco.

O sultão, que havia perdoado a esposa por duas vezes, não atendeu a conselhos nem a pedidos de ninguém, condenando-a a ser enterrada até o meio do corpo, junto à porta da igreja e ordenando que todos quantos passassem por ali cuspissem no rosto da infeliz moça e a esbofeteassem.

Cada vez que Khorida tinha um filho, nascia um formoso menino, gordo, forte, rosado, esperto, com uma estrela de ouro na testa. As duas malvadas tias, impiedosamente atiravam-nos ao rio que margeava o palácio, mas o intendente dos jardins reais, que morava também na beira do canal, vendo aquelas cestinhas boiando, recolhia-as.

Homem honrado e de bom coração, não tendo filhos, adotou aquelas criancinhas, dando-lhes excelente educação.

Os três foram crescendo, sem nunca saírem de casa, ignorando tudo quanto se passava na cidade.

Quando chegaram à maioridade, seu pai adotivo faleceu e, pouco depois, sua esposa. Continuaram a viver na mesma casa. De vez em quando iam caçar e nisso consistia o seu melhor divertimento.

Um dia, regressavam de uma caçada, quando encontraram no meio da floresta, caído no chão um vendedor ambulante de figuras de cera. Os moços conduziram-no para a casa e dele trataram desveladamente durante uma semana, ficando sempre um deles à cabeceira do enfermo, até que o senhorzinho ficou bom.

Nesse dia, o pobre mercador, agradecido à boa hospitalidade que recebera, ao despedir-se, fez-lhes um presente. Era um boneco, perfeitamente fabricado, imitando um homem, que falava e respondia a todas as perguntas que lhe fizessem.

Passado algum tempo, o sultão, sabendo que o seu intendente havia falecido, quis visitar seus filhos adotivos e mandou avisá-los. Os moços, que nunca haviam visto o soberano, mas sabendo que lhe deviam todo o respeito e consideração, e não tendo o expediente necessário para receber tão honrosa visita, lembraram-se de consultar a figura de cera, que lhes disse:

— Sua Majestade há de aceitar o convite que lhe fizeram. Mandem preparar um banquete e rechear um pepino com pérolas.

— Um pepino com pérolas! É coisa que nunca se viu — objetou um deles.

— Depois — disse o outro — somos ricos, é verdade, mas não temos dinheiro suficiente para comprar pérolas que cheguem.

— Façam o que lhes digo — tornou a figura de cera. — Vão ao jardim, e no fim da terceira árvore, encontrarão um cofre cheio.

Os moços assim fizeram e, no dia seguinte, quando o sultão chegou, receberam admiravelmente o soberano, que percorreu toda a casa, encantado pelo bom gosto e simplicidade que nela reinavam.

À hora do jantar, S. Majestade reparou na figura de cera e perguntou para que servia. Disseram-lhe que tinha a faculdade de falar e o rei pôs-se a conversar com ela. Nisso apresentaram-lhe o pepino e, quando o sultão viu aquele recheio, exclamou:

— Que novidade é essa? Um recheio de pérolas! As pérolas não servem para comer!

Então a figura de cera retorquiu:

— Está V. Majestade muito admirado, e sem querer acreditar no que vê. Entretanto, acreditou que sua esposa, em vez de filhos, tivesse tido um gato, um cachorro e um porco!

— É verdade! Mas acreditei porque as parteiras me disseram.

O homenzinho de cera explicou-lhe, então, o que se havia passado, e terminou:

— Agora, olhe para estes três mancebos. Não tem cada um deles uma estrela na testa? Não se parecem com o Rhuyvaz quando tinha dezoito a vinte anos? Não se parecem também com a princesa Khorida?

O rei, em vista disso, não duvidou mais. Reconheceu os filhos, mandou desenterrar a princesa e castigou as duas jovens irmãs.

O bonequinho de cera, cuja missão estava finda, derreteu-se.

O HOMEM DE MÁRMORE

Um Rei, sentindo-se às portas da morte, despediu-se de todos os cortesãos que lhe rodeavam o leito, e trancando-se com um dos seus mais fiéis vassalos, lhe disse: — João! Tu me serviste sempre, com todo o zelo. Vou morrer... Mas, antes de fechar os olhos quero que me prometas continuar a servir o príncipe Elmano, meu filho e sucessor, com a mesma fidelidade e dedicação.

Tendo João prometido, o moribundo prosseguiu:

— Assim que eu fechar os olhos, quando Elmano for proclamado rei, tu lhe mostrarás todo o palácio, as riquezas que contém, menos o gabinete do fundo da galeria. Existe aí o retrato de Juraci, a Princesa de Ouro, mulher tão formosa e fascinante que desejará imediatamente desposá-la, o que o tornará infeliz.

João obedeceu. Passados os sete dias de luto, dirigiu-se ao novo soberano, contou-lhe o juramento feito ao velho rei, e começou a mostrar todas as fabulosas riquezas que o régio paço encerrava. Chegando ao quarto existente na extremidade da galeria, o fiel servidor passou adiante, não querendo abri-lo...

Elmano insistiu e, finalmente, ordenou terminantemente, apesar das objeções do amigo do seu pai. Aberta a porta, assim que o jovem monarca viu o retrato da Princesa do Ouro, caiu desmaiado. Recobrando os sentidos, declarou-se apaixonado, e disse que, se a não desposasse, morreria de desgosto.

Em vista disso, partiram embaixadores a pedi-la em casamento. A princesa, aceitando, embarcou em uma fragata, para o reino do seu futuro esposo.

Navegava o navio a toda a força, quando, um dia calmoso, João, deitado no tombadilho, viu três gaivotas aproximarem-se, pousarem nos mastros e conversarem:

— Com que então o rei Elmano vai se casar com a Princesa do Ouro? Qual! É porque vocês não sabem que, quando ela desembarcar, lhe darão um cavalo alazão. Assim que montar, o animal tomará o freio nos dentes, dando com ela em terra e matando-a. Seria preciso que houvesse uma pessoa que segurasse nas rédeas, e matasse o animal com um tiro. Mas a pessoa que isso fizesse ficaria com as pernas de mármore.

— Não é só isso — retorquiu a segunda — se escapasse, na noite do casamento, lhe dariam uma camisa tecida de ouro, mas que a queimaria. Seria preciso que uma pessoa arrancasse a camisa e a atirasse ao fogo. Mas a pessoa que isso fizesse, seria transformada em mármore, até perto do coração.

— Nem assim o príncipe Elmano casaria com a princesa. Se escapasse do cavalo e da camisa, quando se fosse deitar, espetaria o braço com um alfinete. Seria preciso que uma pessoa chupasse o sangue, senão ela morreria. Mas a pessoa que tal fizesse, ficaria transformada em estátua de mármore.

Elmano e a noiva desembarcaram finalmente por entre aclamações do povo em festa.

Destinaram para a princesa um formoso cavalo alazão, que havia sido comprado na véspera, como um animal raro, a um mercador desconhecido na cidade.

Assim que a rainha cavalgou, o animal bruscamente empinou, lançando no chão o escudeiro-mor, que segurava as rédeas, e sairia numa disparada louca, terrível, que ninguém poderia conter, se o fiel João, não lhe desfechasse à queima-roupa um tiro na cabeça. O animal caiu morto e ele recebeu a moça nos braços.

Assim que o fogoso animal morreu, o fiel servidor sentiu as suas pernas muitíssimo frias, transformadas em mármore.

Efetuado o casamento, os noivos retiraram-se para os seus aposentos, acompanhados pela corte, como era de etiqueta. Mostraram à rainha a sua camisa de dormir, que havia sido fiada por dois tecelões estrangeiros.

A moça ia vesti-la, mas João, segurando-a com umas tenazes, lançou-a ao fogo. Ao mesmo tempo, sentiu-se outra vez transformado em mármore até o coração.

Quando a moça foi tirar o manto real de veludo, soltou um pequeno grito, tendo-se ferido com um alfinete.

Uma gota de sangue mostrou-se na alvura do braço, e a moça desfaleceu, quase desmaiando.

João precipitou-se para ela, chupou-lhe o sangue, mas foi transformado em estátua de mármore.

Então o rei e a rainha compreenderam que o procedimento do seu bom servo, naquelas três vezes, encerrava um mistério e, penalizados com o encantamento do mordomo, transportaram a figura para a sua própria câmara.

Passaram dois anos.

A princesa tivera dois filhos — duas interessantes crianças que já corriam e papagueavam, enchendo de alegria o palácio.

Uma vez achava-se Elmano no quarto, com os seus dois filhinhos e voltando-se para o homem de mármore, exclamou:

— Ah! João! Que não faria eu para restituir-te a vida?...

— Estás nas mãos de V. Majestade quebrar o meu encanto. É preciso que V. Majestade mate seus dois filhinhos e derrame sobre mim o sangue deles!

O rei triste, quando ouviu aquilo, mas lembrando-se do quanto o seu pai, sua esposa e ele deviam a João, pegou nas crianças, cortou-lhes as cabecinhas, derramando o sangue sobre a figura marmórea.

Assim que o sangue caiu, João voltou à vida, ficando homem como antes era.

— Já que V. Majestade sacrificou seus filhos por mim, vou restituí--los à vida.

Pegou nas duas criancinhas, uniu-lhes a cabeça aos ombros, e os principezinhos continuaram a brincar naturalmente, como se nada houvesse sucedido.

Elmano escondeu João e os dois filhinhos em um armário, e chamou a mulher, dizendo-lhe:

— Sabes, minha querida esposa. Estava aqui no quarto quando me apareceu uma fada, e disse-me que, se matássemos os nossos filhinhos, e derramássemos o seu sangue sobre a estátua de mármore, João voltaria à vida. Concordas?

A rainha pôs-se a chorar, mas disse:

— Ah! Que horror, matarmos os nossos filhos! Em todo o caso, sacrifiquemo-los, porque devemos tudo a João.

Então João e os príncipes apareceram e, desde esse dia, viveram felizes por muito tempo.

O TAPETE, O ÓCULO E O REMÉDIO

Myrtis era filha do sultão de Marrocos, e maravilhava a todos pela sua extraordinária beleza. Quando chegou à idade de casar, pretendentes sem conta apareceram, vindos de todas as partes do mundo, mas o rei, seu pai, recusou-os de acordo com a bela princesa.

Um dia chegaram à capital três irmãos, filhos de um poderoso soberano de um grande país vizinho, cada qual mais belo, mais elegante e mais prendado. A aliança com um deles convinha indiferentemente, porque todos três agradaram à primeira vista.

Não podendo decidir-se por um, para não desgostar os outros dois, o sultão declarou que daria a filha em casamento àquele que lhe trouxesse o objeto mais raro e maravilhoso que houvesse em todo o mundo.

Para isso, concedeu-lhe, o prazo de um ano.

Os príncipes Zelim, Movar e Valém, aceitaram o alvitre proposto de despedirem-se da corte de Marrocos, prometendo regressar no tempo designado.

Zelim, tendo ouvido contar maravilhas do reino de Bagdá, para aí se dirigiu.

Um dia, achava-se ele no grande bazar da cidade, quando viu um mercador oferecendo à venda um tapete comum, por cem contos de réis.

O negociante explicou-lhe que aquele tapete era mágico. Bastava uma pessoa sentar-se sobre ele e manifestar o desejo de ir a qualquer lugar do globo, por mais afastado que fosse, para ser imediatamente transportado a esse ponto.

Efetuou a compra e, no mesmo dia, teve ensejo de experimentá-lo, fazendo-se levar a Marrocos, onde teve a ventura de ver a bela Myrtis, sem ser visto por ela.

Não quis mais procurar qualquer outra maravilha, pensando que nada podia se igualar ao tapete encantado.

Entretanto, como só no fim do ano podia apresentar-se na corte marroquina, aproveitou o tempo para viajar.

Movar tomou o caminho da Pérsia, onde esperava encontrar o prodígio com que obter a mão de esposa da formosíssima princesa de Marrocos.

Mais de quatro meses viveu na Pérsia, percorrendo as principais cidades, sem nada encontrar que lhe conviesse, até que lhe apareceu um homem vendendo um óculo por duzentos contos de réis.

Admirado pelo exorbitante preço pedido, inquiriu o motivo, que foi explicado pelo vendedor. O óculo tinha a propriedade de mostrar a pessoa que se quisesse ver. Movar, querendo ver Myrtis, viu-a no palácio do sultão de Marrocos.

Comprou-o e não esperou encontrar qualquer coisa que equivalesse a tão precioso objeto, quanto mais que o excedesse. Pensando que já havia suplantado seus dois irmãos, regressou para Marrocos, calculando o tempo em que devia chegar, não querendo, vir atrasado, nem adiantado.

Valém embarcou para o Egito, naquele tempo a pátria das ciências, das matemáticas, da astrologia, da química e, sobretudo, da magia e das ciências ocultas.

Poucos dias depois de sua chegada, soube que havia um médico que inventara um elixir preciosíssimo. Quem quer que estivesse enfermo, por mais gravemente que fosse, bastava respirá-lo, para se curar de pronto.

Valém comprou uma garrafa do remédio dando por ela trezentos contos de réis, mas achou barato, atendendo à sua notável eficácia e excelente virtude.

Passado o ano, os três irmãos encontraram-se às portas do Marrocos, como haviam combinado.

O primeiro a chegar foi Zelim, que viera no tapete mágico, e seguidamente Movar e Valém.

Conversaram sobre as compras, e Movar, querendo provar que era o seu o mais raro dos três objetos, armou-o para ver Myrtis. Viu-a, mas ficou desolado. A moça estava no seu aposento, rodeada de remédios, quase a expirar!

Era ocasião de experimentar-se o extraordinário elixir de Valém, e os três irmãos, sentando-se sobre o tapete, fizeram-se transportar ao palácio real, chegando um minuto depois.

O mais moço dos príncipes abriu passagem por entre os médicos e cortesãos, que rodeavam o leito e chegando perto da princesa moribunda, a fez respirar o milagroso elixir. No mesmo instante, Myrtis abriu os olhos e achou-se inteiramente restabelecida.

Tratou-se, então, de saber qual dos três objetos era o mais precioso, com cujo possuidor a princesa marroquina devia casar. Era difícil, porque se não fosse o elixir de Valém, Myrtis morreria.

Mas, de que servia o remédio, se não fosse o óculo, que fez os três príncipes a vissem, e o tapete que os transportou?

Vendo que não era possível fazer um julgamento imparcial, o rei propôs novo alvitre. Os três moços deveriam atirar ao alvo, numa grande campina que havia fora da cidade. Aquele cuja seta fosse mais longe, casaria com Myrtis.

No dia aprazado, perante a corte reunida, fez-se a experiência. Zelim, o mais velho, disparou a seta, que foi ferir um alvo colocado a uma légua de distância. Seguiu-o Movar, que ficou um pouco mais atrás, e finalmente Valém, que atingiu mais longe que o primeiro atirador.

Foi ele o feliz esposo de Myrtis, a gentil e formosa princesa de Marrocos.